每一个四季，都是自己的人生

丁立梅——著

秋
autumn
———
冬
winter

作家出版社

我吹过四月的风，
我淋过十月的雨，
这人生，
算得是圆满了。

每一个四季，
都是自己的人生

目录

七月

原始的天真

当我们成长起来，懂得掩藏、修饰和节制，不喜于形，不怒于色，
我们离原始的天真，也就远了。

八 月

天上的云朵，地上的小孩

天上有云朵在飘，地上有小孩在跑，路边有繁花在开，空中有鸟雀在飞。
岁月安详，流光如银。

目录

九月

水墨泼染的大好河山

感谢我栖居的小城，有这么多的花草树木，鸟和虫子们都是自由的，月亮也能按时出来。

十月

静水流深

它是赤脚奔跑的小娃娃。它是枝头蹦跳的小鸟。它是一只小熊，一只小獾，一只憨憨的小旱獭。它有它的音乐弹唱，叶子做成笛，花瓣做成瑟，吹之奏之。

目
录

十一月

每一个四季，都是自己的人生

我吹过四月的风，我淋过十月的雨，这人生，算得是圆满了。

十二月

它就是天空的小心脏

天空亦是干净的，坦坦荡荡的。星星只有一颗，亮得很，像谁遗落的一颗红宝石。
或者可以这么说，它就是天空的小心脏。

山与山有什么不同？这是我想知道的。每一座山，就像这世上的每一个人一样，都有它自己的故事吧。

夏

七月
July

原　始　的　天　真

当我们成长起来，懂得掩藏、修饰和节制，不喜于形，不怒于色，我们离原始的天真，也就远了。

"共生"的美好

一日

　　我推窗，惊着了在窗台上睡觉的鸟。它们扑扑翅膀，惊慌地轻啼了两声。我忙抱歉道，别怕，别怕，我不会伤害你们的。轻轻合上了窗。

　　真意外啊，我的屋檐下，居然借住着几只鸟儿。

　　它们都是些什么鸟呢？小麻雀？白头翁？野鹦鹉？野鸽子？画眉？白天，我看到几只野鹦鹉，在我楼下的栾树上唱歌。也看到几只小麻雀，蹦跳到我的窗台上来玩耍。

　　它们是一家子么？有爸爸，有妈妈，有孩子。我把室内的灯光调暗，站在暗里头，快乐地想。

　　它们真会挑地方。这窗台上，我搁着不少的花，太阳花，茉莉花，海棠花，都盛开了。一朵比一朵俊俏。它们是被花吸引过来的，一定是这样的。

　　枕花而睡，闻香而眠，这几只鸟，真懂生活。

　　我待在窗台边，欢喜了老半天，这不请而来的小客人，它们让七月的这个夜晚，呈现出不一样的静谧和安宁来。

　　天上几颗星，照着我，也照着它们。我在呼吸时，它们也在。它们伴着花而眠，我伴着它们而眠。我体会到"共生"的美好。

原始的
天真

二日

读丰子恺的文章。

丰子恺写儿童的，最好。他写出了儿童原始的天真。若是配了他画的画来读，更传神。他以儿童为主角，画过很多的画。

炎夏的天，他率四个孩子，坐在槐树荫下的地上吃西瓜，四个孩子分别是9岁的阿宝，7岁的软软，5岁的瞻瞻，3的阿伟。夕暮染紫，凉夜青味渐浓，风拂动孩子们的细发，一切都是恬淡静好的。这份舒畅，流进孩子们的身体里，扭开了他们快乐的开关。3岁的阿伟首先表现出这种快乐来，他一边啃瓜，一边笑嘻嘻摇摆着，嘴里发出如小猫偷食时的啊呜声。5岁的瞻瞻立马应和，作诗一首："瞻瞻吃西瓜，宝姐姐吃西瓜，软软吃西瓜，阿伟吃西瓜。"7岁的和9岁的两个孩子，也热烈响应起来，他们用了散文的、数字的表现手法，向他报告："四个人吃四块西瓜。"

丰子恺对四个孩子的作品，在心里进行了评点，他认为，3岁的阿伟，那啊呜的节奏，最为完全而深刻，是音乐。5岁的瞻瞻，用诗歌形式表现了他的快乐，已打了一个折扣了。到了软软与阿宝的散文的、数学的、概念的表现，已接近肤浅。可是，相比较于大人们来说，这样全身心投入吃西瓜一事上，孩子们的心眼，又要明慧得多完全得多。

他感慨道：

　　天地间最健全的心眼，只是孩子们的所有物，世间事物的真相，只有孩子们能最明确、最完全地见到。

　　我们也曾是孩子，有过最健全的心眼。然当我们成长起来，懂得掩藏、修饰和节制，不喜于形，不怒于色，我们离原始的天真，也就远了。

时光里，有淡淡的甜香

三日

　　天的情绪，有些捉摸不定。午后好好儿的，突然的，下起了雨，且下且狂。

　　我把一盆仙客来捧出去喂雨。从一月，到七月，它一直在开花。它是慢性子，一朵花总能开上十天半月的。艳红着，像小女孩辫梢上的蝴蝶结。别人都称奇，说，一般这种花能开上一两个月，就算是命大的了。花当知你人好，所以肯为你一开再开。

　　这话听着让我快乐。此生我也许并无多大出息，却有值得骄傲的东西，那就是，一直心存热爱，懂得珍惜和感恩。

　　我顺便给阳台上另几盆花草理了理"发"，绿萝、铜钱草、吊兰、海棠、珍珠莲。夏天里，它们都有些疯长了。理过"发"的花草们，显得更精神抖擞。我弯腰做这些，雨在敲着我的窗，时光里，有淡淡的甜香。

　　翻看《红楼梦》。雨打在潇湘馆外的竹梢焦叶上，林黛玉触景生情，吟出一首《秋窗风雨夕》，正自感叹"不知风雨几时休，已教泪洒窗纱湿"时，宝玉来了。一来就问她："今儿好些？吃了药没有？今儿一日吃了多少饭？"一面又忙一手举灯，一手遮住灯光，向黛玉脸上照了一照，觑着眼细瞧了一瞧，放心了，笑道："今儿气色好了些。"

　　曹雪芹真是鬼才，只淡淡的几句家常话，就把一份爱恋，写到骨子里去了。再动人的海誓山盟，哪抵过这样一句家常的问话，今儿一日吃了多少饭？

这是真爱啊！

耳畔似响着牛羊的叫声，让我恍惚置身在辽阔的大草原上，鲜花碰着了脚趾头。不远处，雪山如一只大胖熊，很不安分地蹲着。

从新疆归来，我的心神，一时半会儿还没跟着回来。

天
淌汗了

四日

天很不高兴的样子，愁云叠着愁云，雨雾叠着雨雾。

天为什么不高兴呢？

也许只有孩子知道。孩子会说，天被它爸爸打屁股了，疼，所以哭了。

或者是，天肚子饿了。或者是，天生病了。或者是，它的好玩具被其他小朋友弄坏了。或者是，啊，它不想睡觉，它想玩儿，可是，却被妈妈塞进被窝里，要它睡觉。或者是，它不想被关在家里，它要和其他小朋友一起玩。

嗯，天的不高兴，到底为的是哪一种呢？

我捉了一个小孩来问。小孩是我大弟的小儿子，幼儿园中班的小朋友，假期来我家串门儿了。

小朋友正玩得高兴呢，用一辆玩具挖土机，挖我的地板，想看看下面是不是藏着宝藏。

我捉他入怀，指着窗外问他，小宝，你告诉姑姑，天为什么一直在哭呢？是不是它不听话，惹姑姑生气了？

小朋友亮晶晶的眼珠子，看定窗外，突然认真回我，姑姑，天才没有哭呢，那是它玩得热起来了，淌汗了。他"哧溜"一下，摆脱我的拥抱，滑到地板上去了，继续忙着去挖掘我的地板，额头上沁着细密的小汗珠。

我听到童年
在敲门

五日

我被一片小小的丛林迷住了。

丛林里，一条小径，弯曲其间，像蜿蜒着的一条小蛇。我目测了一下，这片小小的林子，不过五六百平米的样子。它一侧傍河，一侧傍路，因附近居民不多，且这片小林子里，没有安装路灯，故少有人晚间在这儿走动。

我是知道这里的。它靠路的一侧，长了两排结香，春天我来赏过花。树多以榆树为主，秋天一片金黄，我亦来此赏过金黄的榆树叶。现在，是晚上七八点，我一路散步至这里，我被一种巨大的静谧，震慑住了，我看到了萤火虫！这小小的精灵，这在乡村亦已少见到的精灵，它们是从哪儿来的？

黑里头，这些晶晶的亮的光点，像凫游在空气里的钻石。有好几十只的。它们忽上忽下，忽左忽右，无声地飞翔，比轻风更轻。可我，还是听到它们快乐的歌声和笑声。

我感觉自己是进入到童话世界里了。

我伸出手，静静等。终等到一只萤火虫飞来，停到我的掌中。这小东西沿着我的手指，慢慢攀爬。它把我的手指头，当成一片树叶了，它心里头一定无比好奇，怎么有这么光滑的叶子呢？

我想带它回家，然又不想它失去自由。最终，我笑着看它，愉悦地

飞走。

有一瞬间，我听到童年在敲门。它携带着一些稚嫩的夏夜而来，那么多的萤火虫，像满天的星星掉落下来。我跟萤火虫一般年纪，也是小小的，小小的，我追着它们跑，跑得满头大汗，风里飘来稻花香。

石塘
人家

六日

　　石塘人家，原是一个叫石塘村的地方，离南京城大约三四十公里远。是掩映在大山里的一个千年古村落。

　　我来，是因一场讲座。《初中生世界》有一期文学夏令营，在此安营扎寨。

　　我们的车子，在山路上好一通盘旋，才抵达这里。

　　一见，惊艳。没想过大山里，还藏着这么一块"绿宝石"。真正是绿，满山满坡的绿。人家的房屋，掩映在绿里头。路转山头忽见。再转山头，又忽见。真不知到底有多少条巷道，多少幢房子。

　　一两声鸡啼，藏在树后。鸟鸣声柔美，是被绿浸染了的。这歌喉，适合唱越剧。一村人执了鱼竿，施施然穿巷而过。

　　入住的客栈，家具都是老式的，木头的气息，徐徐散出。站观景阳台，可望见下面的小池塘，塘边绿树婆娑。塘后面，是青山隐隐。

　　当地人推荐我去看看他们的竹海。竹海在山上。山间有小湖，山影在水里面婉约。绿，比竹叶更绿。那么多的竹，遮住了天日。

　　紫色的小花，在路边扎着堆。见过，却一下子叫不出它的名。它不介意，来者都是客。笑迎。

　　山与山有什么不同？这是我想知道的。每一座山，就像这世上的每一个人一样，都有它自己的故事吧。

　　回头，顺着一条道走，走着走着，又走回原来出发的地方。一路有水声叮咚，白花花的水，跌跌撞撞。家家都长花，蜀葵和紫荆，开得有碗口那么大。有一家还种了几棵向日葵，欢实地开着，惹我举着相机，对着它们拍了又拍。

　　树影重重，雾霭腾起。雨忽然落下来，一阵风吹得雨珠乱摇。雾气是越来越大了，四面的山，都没在雾里头，像舟。红灯笼在雾里头，一闪一闪的。

早起的
石塘

七日

早起的石塘，安静得像绿。那些绿，堆得满满的，厚厚的，天空也给染绿了。我见到一抹朝霞，在山的后面，身上也披着绿。

在村子里闲走，遇见许多的花草。南瓜花、丝瓜花、各色的菊花，还有无数的小野花，都是随意任性的，它们你中有我，我中有你，无限亲密。一只瓮旁，站着一丛蜀葵。石径的两旁，趴着些小野菊。

真喜欢那样的石径，绿的草，从石缝里钻出来，两旁的花开得野性十足。它率领着这些花草，顺着山势向上走，突然一扭腰，拐个弯，不见了。半山腰，守着一幢粉墙黛瓦房。

上上，下下，左左，右右，道道相连，又各成一家。每家都有树，有草，有花。鸡也自在，狗也自在。狗在路中央蹲着，不吠，你走，它跟着送几步。复又走回去，蹲着。

小池塘，四周都是花。小树林，林中有亭子。水声不知响在哪里，鸟声不知在哪里落下。鸡啼声粒粒可闻。像小石子投进湖心，溅起水花几朵，随后，复归宁静。

我走一圈，没碰到人。在我即将到达入住的客栈门前，才遇到一妇人，她挎着篮子，篮子里搁着黄瓜几根，茄子几只，韭菜一把，上面雨露晶莹。想来是从地里刚回的。一只小白狗紧跟着，合着她不紧不慢的脚步，一起下了山坡。她的家，应该就在那山坡下。

八日

季节从不撒谎，到什么时候，就做什么事儿。

眼下，已进入小暑。小暑小热，天也就像模像样地热起来。

蝉率先扯开嗓子，拉开大旗迎接这小暑。清早尚在睡梦中，就被它们给吵醒。闹嚷嚷的，一浪高过一浪去，如同赶集似的。

酷热的正午，它们越是叫得激烈且激昂。堪比斗士。它们要跟谁斗呢？好像是跟长了刺的阳光在叫阵。嗯，这个时候的阳光，都长了刺，晒到身上，有针刺的感觉，火辣辣的。

翻了几首写小暑的诗来读。唐人元稹的《小暑六月节》被引用得最为广泛，这首诗在元稹大量的诗文中，并不突出，属平平之作，只因它迎合了小暑这个节气：

倏忽温风至，因循小暑来。

竹喧先觉雨，山暗已闻雷。

户牖深青霭，阶庭长绿苔。

鹰鹯新习学，蟋蟀莫相催。

它如实描述了小暑有三候：一候温风至；二候蟋蟀居宇；三候鹰始鸷。说的是小暑来了，风都是热风了。蟋蟀怕热，躲到人家的屋檐下纳凉去了。老鹰带着幼鹰飞向高空。

在另一个诗人独孤及的小暑里，有艳艳的石竹花在开。石竹，又名绣竹、石菊，花如同用剪刀裁剪过似的，又恰似用丝线绣上去的。每瓣花上，都有着好看的齿痕。花又多色，艳丽，是极易生存的一种草花。诗人由花及人及时光，面对光阴匆匆，一任愁肠百结：

　　般疑曙霞染，巧类匣刀裁。

　　不怕南风热，能迎小暑开。

　　游蜂怜色好，思妇感年催。

　　览赠添离恨，愁肠日几回。

　　暑热里读这样的诗，有了凉意，暮然间也惊了一下，日子真快呵，一年都过半了。时光催人老。

　　宋代晁补之的《玉溪小暑》，却有着满满的喜悦：

　　一碗分来百越春，玉溪小暑却宜人。

　　红尘它日同回首，能赋堂中偶坐身。

　　小暑的天，诗人来到玉溪这个地方，与友人相聚，他们饮着美酒，吃着美食，山水青绿，情意深厚。自由的风，吹着自由的灵魂，一切都是宜人的。这样的好时光，是要刻进脑子中的，它是人生不可多得的干净、无拘和奔放。

　　我猜想，那当是诗人的白衫少年时光。

我会继续
矫情下去

九日

看到一个读者写我：

丁立梅是一个怎样的人？

是一个能够在窒息里闻到花香的人；

是一个能够在嘈杂中听到鸽哨的人；

是一个能够在凌乱下发现热爱的人；

她细腻得有些矫情。

但正是她的矫情，常常能够击中读者心中柔软的部分。

我停下来了，想一想这个所谓的"矫情"。我矫情了吗？似乎是。不然，何以在我牙疼的时候，无比庆幸着，幸好不是眼睛疼。又何以在生离死别跟前，看着一棵草一朵花，会笑出泪来。对，生命它以另一种方式存活着，或许它变成了一棵草，变成了一朵花。

我无比清楚地知道，生活的真相是什么。它是疼痛，它是衰老，它是别离，它是挣扎，它是丑陋，它是奔波，它是仇恨，它是抱怨……可是，它也有另一面，它是欢喜，它是新生，它是遇见，它是融洽，它是美好，它是相聚，它是热爱，它是善良……

人活一世，没有谁是容易的，我们要历经种种的苦痛与煎熬，有些是不得已，有些却是自找的。不得已的，我们只有全盘接受，比如我的牙疼。然又在那牙疼里，发现另一种幸运，幸好眼睛还是明澈的，我还能看见这世界的姹紫嫣红。自找的，我就很鄙视了，明明活在阳光里，偏要往那暗里头钻，弄出一副苦大仇深的模样来，仿佛全世界都欠了你的，以示与众不同，以示活得深刻。——你这样做，除了叫人郁闷外，没有一点益处的，你自己痛苦，他人看着也痛苦，何苦来哉？

是，我们每个人都有流泪的本能。如果眼泪能解决问题，如果整天裸露着伤疤，能让世界变得美好起来，那你就去哭吧，就去裸露着吧。然事实上，不是这样的。眼泪和伤疤，给他人带不来一丝幸福和愉悦。有时，甚至会让人倍感失望和绝望。

我所理解的生命的意义，是在于能在混浊中，找到清澈。能在石缝中，看到花开。能守得了灰暗、烟雨和不堪，等来幸福和光明。这一些，需要的，是真诚的热爱。倘若没有热爱，这个世界，将变得很可怕。

嗯，不错，我会继续矫情下去，继续去爱花爱草爱这个世界，找到活着的真谛。

台风蓝

十日

台风到来前，天空蓝得惊人，厚棱棱的，像倒了一天空的蓝玉浆。白云朵扎着堆儿，你追我，我追你，跟赶趟儿似的，在天上闹得慌。"帝乡白云起，飞盖上天衢"，——这两句诗很应眼前景。

有人给这样的天空命名曰："台风蓝"。细细琢磨这名字，越琢磨越觉得有意思。想台风一路癫狂，巧取豪夺，实在没一点讨人喜的地方。然它带来的这台风蓝，算是额外的福利了。万事万物，皆具两面性，这是生活的哲学。

雨欲来，不管，且安心地先享用这台风蓝。

风满满灌进屋里来，吹得人的毛孔大张，真是舒坦。我写作，就写白云朵。想象着每一朵云，都自有它的好归处。

黄昏时，天空现出了彩虹，瑰丽得像撒了大把大把的玫瑰花。

植物的美貌，经久着。紫薇的花，凌霄的花，每回回看见，每回回要欢喜。我走在花中间，循着蝉鸣而去。一抬头，看见月牙儿了。小小美人，隔着云端，笑弯了眼。当此时，河水涨绿，树木葱茏，虫鸣悠悠。人间好时节。

大幸运

十一日

趁着做晚饭的当儿，我跑进书房，写上两笔。写着写着，忘了锅里事。待厨房里冒出滚滚浓烟，我还莫名其妙着。一愣神，方想起，天哪，我在做晚饭哪！

冲过去，锅上已黑烟腾腾，——那口盛着菜肴的锅，快被烧焦了。

我的脑子一片空白，幸好没忘了先关了煤气。一盆水泼下去，锅"嗞嗞"狂叫，激起的水花，在我的胳膊上，留下了几个小水泡。浓烟们慌里慌张，从门窗里往外逃窜，楼下有人惊叫，这是咋啦？楼上谁家起火了？

我硬着头皮伸头答应一声，放心吧，没事了。也不好意思多解释，忙忙缩回头，收拾现场。

那人下班归来，远远就闻见一股焦煳味，他在心里还挺鄙视的，谁家这么大意，把锅都烧焦了？等他上得楼来，敲开自家的门，浓烈的焦煳味满满扑向他，后面跟着一个讪讪而笑的我，他当即明白了，原来，是他家这个超级有才的媳妇干的。

没伤着哪儿吧？这是他问的第一句话。

下次你不要做饭了，等我回来做，这是他说的第二句话。

很感谢他，不是责怪，不是埋怨。嗯，天下第一等聪明男人。

事后想想，真是后怕。若我再晚些发现，是不是会发生煤气爆炸？是不是房子会燃起来？我们庆幸着，躲过了一场大祸。为此，特地喝酒庆祝。

每一天，你是健全，安康的，你就是大幸运了。

蝉声大作的清晨

十二日

今年的蝉，似乎比往年多了些。

清早，人尚在迷迷糊糊中，就被它们激越而激昂的歌声叫醒。蝉声盖过了鸟声，盖过了早起的市井之声。不恼，躺床上静静听听，这免费的歌声。虽说有些鼓噪，虽说它们的歌喉不算好，甚至常常唱走调了，可人家想歌唱的心，一点也不打折扣。它们无比热爱着生命，让活着的每一个时辰，都明亮且愉悦着，这就很叫人肃然起敬了。

太阳尚未升起，清晨因这波涛般的蝉鸣声，渐渐苏醒过来。风被蝉声灌得鼓鼓胀胀的，穿窗入户，送着清凉。露珠被蝉声摇落，从一片叶上，摇落到另一片叶上；从一朵花上，摇落到另一朵花上；从一颗心上，摇落到另一颗心上。

我看见我阳台上的几朵茉莉，和一盆圆圆的铜钱草，轻轻地、舒服地叹了口气。太阳花也被蝉声唤醒，它们揉着惺忪的眼，嘻嘻笑着，一朵一朵，撑起明媚的小脸蛋。

我跳过去数了数，一共开了十七朵。

黄昏时的天空，像个贪玩颜料的小孩子，身上脸上，全都被颜料涂抹得花花绿绿的了，红的蓝的紫的粉的，哎，幼稚天真得不像话了。

却又不得不承认，这样的天空，真是好看啊，率性、明丽，有着大把的热情。

紫薇花不声不响已占了半壁江山了。我一出小区的门，就被它们吓了一跳，这才几天没留意啊，路两旁，已全被它们给占领了，衣袂飘飘，浩浩荡荡。

"盛夏绿遮眼，此花满堂红"，它的出现，似乎专门为安慰盛夏而来。

伸手搔搔它光滑的枝干，看它是不是真的怕痒，——这是每年遇到紫薇花时，我必玩上几回的事。可能是它头上缀着的花太多了，太沉了，它并未因我的抚摸而"彻顶动摇"。然想起它的别名——痒痒树，我还是忍不住一乐。

"丝纶阁下文书静，钟鼓楼中刻漏长。独坐黄昏谁是伴？紫薇花对紫薇郎。"这是白居易的紫薇花。白居易写这首诗时，正是春风得意马蹄疾的时候吧？他风华正茂，目光炯炯，官至紫薇郎（紫薇郎即中书令）。他入得中书省，作文赋诗。黄昏安静，窗外的紫薇花，沸腾着，如云如霞。他随口吟出一句，"紫薇花对紫薇郎。"彼时，那花不是开在窗外，是开在他的心上。

然人生总是充满变数，谁能持久地握得一缕花风呢？白居易的中年，跌进寒冬，他被贬为江州司马。这年夏天，他在浔阳官舍里，再度与紫薇花相逢，心境却是大大不同了。他对着院中的紫薇树默然良久，怅然写下：

紫薇花对紫薇翁，名目虽同貌不同。

独占芳菲当夏景，不将颜色托春风。

浔阳官舍双高树，兴善僧庭一大丛。

何似苏州安置处，花堂栏下月明中。

人生的惆怅，莫过于物是，人却非。花虽换了地方，然似乎无有变化，还是独占芳菲，沸腾着一捧一捧的好颜色，而他，青丝已变白发，心上早已老茧遍布。

但愿他年我再度相逢紫薇花时，还能有着孩童的心理，伸手去搔搔它的痒痒。然后，独自在瓦蓝的天空下，微笑一回，吟出一句："紫薇花对紫薇郎。"当然，我是女郎，可爱的女郎。

婚姻的动人

十四日

的士司机接我们上车时，嘴里一直在哼着歌。这是苏州，傍晚五六点。

车窗外暑热暄暄，一颗圆滚滚的落日，把一些楼宇的玻璃窗，照得光芒万丈。

的士司机边哼歌，边扭头看看我们，说，这种天，在外面走很热啊。

是啊，是很热，我们答。很奇怪他怎么这么快乐。

他看上去，四十来岁。口音不像本地人。问及，果真不是本地的，是河南的，来苏州七八年了。

你们是来旅游的？他问。

啊，不，来有事呢。我们答。

苏州这个城市蛮好，如果有空，你们不要急着走，多逛逛。他建议。随即又哼起歌来，很快乐。

车子拐一个路口，再拐一个路口，我们的目的地到了。的士司机打个口哨，愉快地说，你们到了，我也到了，拐个弯，就是我的家，我也要回家了，今天不再接客人了。

我随口问，为啥？这会儿下班，客正多着呢。

他笑了，客多也不中，我老婆今天生日，我要陪她吃饭。

我早上出门跟她说好的。他又补充一句。愉快地跟我们挥挥手。

绿灯亮，他拐个弯，不见。我们站在原地，微笑着目送许久。

我老婆今天过生日，我要陪她吃饭。——婚姻的动人，这算得上是一种吧。

我是来看荷花的

十五日

下午四五点，去逛拙政园。

园分东部、中部、西部三部分，以台、亭、榭、楼、阁组成。

最多的，要数亭子了。几步就能撞到一座，都有飞檐翘起。什么雪香云蔚亭、待霜亭、绣绮亭、荷风四面亭、远香亭等等，各有各的名头。为等秋霜落，也要造个待霜亭，雅趣真不是一般的高。

有亭自然有水。有水又得有山有石衬着。山水之瑰丽，也便全在一园中安放了。

歌台舞榭，几度辉煌，又几度衰落。与谁同坐？也只能是明月清风了。

上下五六百年，园子走马灯似的，多易其主。想人生营营役役，到头来，不过是青冢之上一抔土。谁能永久坐得江山呢！

那些精雕细琢，费尽心思的布局，且不去看，我自去看树看花看草。识得木瓜树和木香树。木瓜树四百多岁了，枝干已被岁月掏空，然上面依然枝叶茂盛，结了许多的果实。我摘一枚叶，手被刺到。原来，它的叶有锯齿，不可侵犯。木香树一百多岁了，据说花开时，香气远播到园子外头去。

我其实，是来看荷花的。满拙政园里，有水的地方，几乎都种上荷花了。荷叶满铺着，阔大肥硕，若那上头站上十只八只蛙，一齐吹拉弹唱，应不在话下。荷花大多数才含苞，粉粉的烛火般的，轻摇着。这才最好看。全然打开了自然好，却没有了含蓄和想象了。

　　夕阳掉在荷花池里，产出无数条"小金鱼"。这景象，让我看了又看，直到那些"小金鱼"完全消融成一抹抹红印子。最后，那些红印子，也都被荷花的影子给吞下去了。

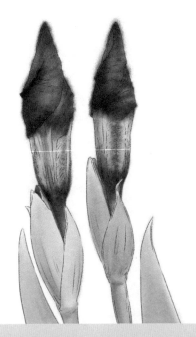

三十五分零七秒

十六日

在大夏天跑步，是很要点毅力的。

每日出门，也很纠结——屋子里多凉快啊，空调开着。外面却像个火炉子，即便是到傍晚了，那水泥路面上蒸出的热气，还是能灼伤人的。迎面吹过来的风，都跟带着火星子似的，烫着呢。

然一旦出门了，一旦开始跑开了，脚步倒停不下来了。每次也不跑多，就围着一个林子边的小型跑道，跑上十圈，刚好五公里，用时三十五分零七秒。

今日刚跑完一公里，就有些吃不消了。蝉扯着嗓子在身旁拼命叫，我担心它们会把嗓子给扯破了，那声势的浩大，把温度又给搅腾上去几度。太热，腿迈不动，我想着再跑一公里就停下来吧。结果，两公里后，我又想，不如再坚持跑一公里吧。等这一公里也跑完，又想，干脆再坚持一下，把剩下的两公里都跑完吧。

最终，我胜利了，万分有成就感。我想，假若我在半途稍稍妥协一下，今天的目标就无法达到。——做任何事，都贵在坚持，坚持一下，再坚持一下，也许就实现了呢。

天已完全黑透了，我站到桥上去吹风。我一面看水，一面想，倘使我不跑步，这三十五分零七秒，也多半是被我浪费掉了。看电视，或是发呆，或是东摸摸，西看看，一眨眼也就过去了。然因我用来跑步了，这三十五分零七秒，就变得结结实实的。我锻炼了体质，增加了生命长度也不一定，这是其一；我耳朵里灌满虫鸣蝉叫，这大自然美妙的乐章，关在空调间里是不大听得到的，这是其二；我看到黄昏的霞光，像渔网一样的，撒满天空。它网住了夕阳这条大鱼，慢慢收网，把它带回家了。紧接着，大鱼产下的卵——星星们出来了。我欣赏到美，这是其三。

等我跑完这三十五分零七秒，顶着一头的星星，慢慢走回家的时候，我的一天，堪称完美。

从前的夏天

十七日

烈日、热浪、蝉鸣、蛙叫、蚊飞……嗯，大夏天该有的元素，都有了。空调从早开到晚。

从前的夏天，也是这么热的。从前却没有空调，连电风扇也很少有。

于是有了"趁早凉"一说。天刚蒙蒙亮，全村人几乎都起来了，得趁着太阳还没睡醒的当儿，去地里忙活会儿。棉花要整枝打杈，秧田里的草要锄，玉米棒该掰了，活计是天天有得做的，一着接一着。小孩子也常常被叫起，要去棉花地里捉虫子。一种叫"棉铃虫"的虫子，专爱吃棉花的花蕊。还要趁着早凉去割羊草猪草。

太阳刚一冒出头来，就跟个大火球似的了。小孩子们赶紧往家跑，大人们还得在地里赖上一赖，他们得多忙一会儿，直到晒得实在扛不住了，才回家。

粥从早晾到晚，用大盆子装着，放在井水里，一日三餐，全家人都喝它。竹叶茶也是从早晾到晚，大瓷盆泡着，谁渴了，回家来，自去舀上一碗，"咕咚"入喉下肚。真解渴。地里的瓜多，香瓜、梨瓜、菜瓜，采上一些，井水里冰着，想吃的时候，捞起一只来，皮都不用削，就啃下去，凉透心了呀。

我们整天待在屋后的竹园子里。午睡也在竹园里，地上铺一凉席。头顶上的蝉叫得真热烈。热得受不了了，就去打一桶井水上来，把地浇上一浇，顺便把脸和胳膊，都泡在里面。每个毛孔都凉飕飕地打着冷战，真舒服啊！

　　晚上，屋子里是不能待的，太闷太热。没事，屋外的天地宽广着呢。门板儿卸下来，在屋门口搭着，可当饭桌可当床。晚饭后，家里人人手里一把蒲扇，坐场院上纳凉。天上的繁星，大如蜜枣。小孩子们坐不住，去扑萤火虫，去捉纺织娘，忙着呢。玩累了，往门板搭的床上一躺，数数天上的"蜜枣儿"，数着数着，眼皮打架，阖上了。不用担心被蚊虫叮咬，自有一把蒲扇，在一旁摇着，是祖母的，是母亲的。

　　为了延长蒲扇的使用寿命，每把蒲扇上，都被祖母用布条子细细滚了边。拿手上很沉。摇起来，风也是沉沉的了。不喜。那时，我一直盼望着拥有一把没有滚上布条子的新蒲扇。

牙疼、大
雨及花朵

十八日

每次牙疼，都让我痛不欲生。

半边嘴巴，发展到眼，发展到额，发展到整个头。不能碰，一碰，疼得钻心钻肺，像有锥子在锥。我藏无可藏，躲无可躲，只能任它宰割。

这是父母赐予我的"大礼"。遗传，这强大的基因，它在我身上，如此安上。我爸我妈的牙都不好，年轻时就开始掉。我的记忆中，他们捧着嘴巴哼哼的样子，最为深刻。那是他们牙疼发作的时候。

我几乎百分百复制了他们的疼痛，每疼痛一回，就念他们一回。从前是抱怨着的，埋怨他们把不好的基因给了我，弄得他们很内疚，很对不起我似的。

现而今，我已不抱怨。时时疼痛，又何尝不是一种提醒？知我从哪里来，知我的根在哪里，知我的血液里，流着谁的血。

今日牙疼，我又想他们了。

午后，小睡，被雨敲打晾衣架的声音吵醒。起来看，乌云密布，狂风骤起，它们吼着叫着，拍打着门窗。

雨来不及落，直接倒下来，一桶一桶的，在半空中腾起巨大的烟雾。树们草们高兴坏了，大口大口喝着雨水，兴奋得直晃脑袋。

多么及时的一场雨！下了近半个小时，烟消云散，太阳又火球般的挂在天上了。然因这一场雨，空气里，都是湿润清凉。傍晚出门散步，风爬在身上，亦是湿润清凉的。

　　石榴花还见开。夹竹桃的花朵零星着。凌霄花是个精力旺盛的少年，它茂盛地开啊开啊，它的人生路，还长着呢。

我爸和我妈

十九日

跟我爸说，天热，别待在外面知道吗?

我爸答应，哦。

每天要准时吃饭，知道吗?

我爸答应，哦。

药也不要停，要听医生的，知道吗?

我爸尿道受阻，为此，他很受此病困扰。去医生开得一种药，必须连续服三个月以上，才有效。我爸像个孩子，怕吃药，得监督着才行。

我爸答应，哦，我没有停药。

你让妈也少干点活，告诉她，地里没有金子挖。倘若热坏了身子，还得我们做子女的送去看，所花费的钱，比她挣的要多得多。

我爸这回不"哦"了，他万分委屈地说，你妈不听我的。这大热天的，我让她不要去地里，她就是不听，她舍不得地荒着。

你妈这个人啊，一辈子勤劳惯了，歇不下来的。

我让爸把电话给我妈，我问妈，是不是不听爸的?

妈答非所问，说，你爸这个人，老得不中用了，啥活都不能干了。

地里有金子挖啊? 你那么拼命做什么? 你是愁吃的还是愁穿的啊，你就不能给我们省省心么! 我语气很严厉了。

你爸夜里要起来好多趟哎，他这个病啊。

我多做点儿，你爸就不要做了，他就享福了。

你爸现在可享福了，整天躲在空调房里。我妈说着，忽然轻笑起来。

唉，对我妈的"顽固"，我实在无计可施。她一句，我多做点，你爸就不要做了，他就享福了。让我默然许久。

早起读书，读丰子恺文，读到这么一段：

人生为衣食而奔走，其实眼睛也要吃，也要穿，还有种种要求，比嘴巴和身体更难服侍呢。

眼睛会渴，会饥，会冷，会寒，会孤单，会寂寞。眼睛渴了、饥了，眼神会黯淡无光，人会变得无数打采。眼睛冷了、寒了，眼神会瑟缩成冰，心也会跟着凝结成冰。

一个人的孤单和寂寞，是写在眼神里的。一个人的快乐与美好，也是写在眼神里的。我们说，灵魂需要喂养。其实，是眼睛需要。眼睛丰富丰满了，灵魂才会丰富丰满。眼睛若是贫瘠干枯的，灵魂也必是枯涩荒凉，沙砾遍布。

我们要喂养眼睛些什么才好呢？自然界的花草树木，日月星辰，山川河流，风霜雨露，虫鸣鱼跃，鸟唱蝶舞，这一些，对眼睛来说，都是必不可少的营养。我们的眼睛，时不时地"吃"下这些，才会变得富有色彩灵动温润。才会有日月明朗，四季分明。也才会有喜悦，有热爱，有美好，有着追求和向往。

我们还要喂些艺术给眼睛，文学、舞蹈、美术、建筑……这些人类智慧的结晶和瑰宝，我们的眼睛，怎能错过！当我们的眼睛"吃"下这些时，我们眼神，才会变得醇厚、深邃和丰满，而不是轻飘飘。我们的生命和精神，也才会有厚重有高贵。

　　眼睛是不会说谎的，当我们喂它美好时，它会在心中生长出一份美好来。当我们喂它丑陋时，它会在心中种出一份丑陋来。我们看一个人的素养高低，只要看看他的眼睛，也就能判断个八九不离十了。眼神是清澈的、洁净的，心灵必也是。眼神是混浊的、邪恶的，心灵必也高尚不到哪里去。泄露一个人秘密的，往往不是别的，而是一个人的眼睛。

　　认识一个老者，88岁了，须发皆白，脸上多斑点和皱纹，是一棵老树掉光叶的样子。然他的一双眼睛，却叫人难忘。那双眼睛不大，却明亮，明亮透了，可以用星子做比喻。老人一生有两样爱好，一爱种花草，二爱画画。花草是种了一辈子，他的两间小屋，搞得像个小花园，什么时候去看，都有花在热闹地开着，红红黄黄一大片。画也画了一辈子，对着他种的花花草草画，画稿一摞挨着一摞。问过老人一个很俗的问题，您画了这么多年，想过成名成家吗？老人呵呵笑了，眼睛微微眯起来，两粒星子在里面跳跃，他说，哦，我画，只是因为我喜欢画，与别的没有关系哦，我娱悦的是我自己。

　　眼睛明亮，方得精神明亮。老人用他的花与画，喂养了眼睛，清澈了心灵。他一生做着一个明快洁净的人。

每一天
都如初见

二十一日

夜晚的天空，深邃得很；有些像小时候的了。星星们冒出那么多，那么亮，像无数的萤火虫，飞到了天上。月亮从一条河的背后，缓缓地，爬上来。那样一张光滑圆润的脸啊，是用洁面乳洗过的，是用奶油泡过的，一条河立即银光飞溅。

我站在桥上，几乎看呆掉了。自然之美，无穷无尽。每一天都会有新遇见，每一天都如初见。

一对老夫妇，也来到桥上。有意思的是，他们是骑着三轮车来的。老头儿骑着，老太太坐后面，两人说说笑笑的，一路风光。他们把车停在桥头，老头儿牵了老太太的手，上得桥来。

我就说这里好，水也大，风也大，你还不信。老头儿的声音。

阴凉吧？多舒服！你看，还有个亮叶子（亮叶子是我们这地方的人对月亮的称呼）！老头儿的声音。

哦哦，就你能，就你能！老太太的声音。伴随着的是一声"扑哧"轻笑，这声轻笑，让老头儿似乎很受用。

以后我们每晚都来这里吧。老头儿的声音，轻轻的，商量的。

老太太说什么了，我没听清。我已悄悄走开了。我的身后，他们的呢喃，如虫鸣。

路过一个池塘，一片菖蒲正在狂欢，苍苍郁郁。睡莲和荷，都睡了。塘边的合欢树上，还有零星的花在开着，散发出迷人的味道。

读帖

二十二日

真的挺羡慕古人的，没有一个读书人不写得一手好字。

那时的读书人，才是真的读书人，文房四宝是生活中必不可少的，一股墨香，终日盈室盈身。

那是真正的墨香。

红袖来磨最好。没有红袖添香也无妨，读书人哪个不练成了磨墨的高手？那是打小就练着的，从写第一个汉字起，就用毛笔蘸了墨来写。磨呀磨呀，一方砚里，慢慢汪出一汪黑黑的浓稠的墨。一砚一砚的墨，变成才华、智慧和艺术。

艺术，是真的艺术。翰墨成字，也成花，成果，成木，成石，成溪，成岭，成峰，成雨，成雪，成云……那时的郎中，随便开个药方子，也不定是幅上乘的书法作品呢，只是少有传世下来的罢了。

那时的读书人，活得趣味十足。吃顿朋友送的韭花，也会蘸墨写下幅《韭花帖》：

昼寝乍兴，辄饥正甚，忽蒙简翰，猥赐盘飧。当一叶报秋之初，乃韭花逞味之始。助其肥羜，实谓珍羞，充腹之馀，铭肌载切。谨修状陈谢，伏惟鉴察，谨状。

都说吃了人的嘴软，杨凝式不单是嘴软了，手也软了，这才有了这幅《韭花帖》。因是答谢朋友的，故字里行间，多的是真挚恭敬，一个个字都往清秀舒朗里走，如盛开着的韭花一朵朵。

犯个肚子痛，也会留下幅《肚痛帖》：

> 忽肚痛不可堪 / 不知是冷热所致 / 欲服大黄汤 / 冷热俱有益

对着这帖，看着看着，我就发笑起来。哎，不过是肚子痛啊，服服大黄汤就好了。这个叫张旭的唐朝人，也不嫌麻烦，竟磨墨写下这么一帖。墨由浓及淡，再浓再淡，笔走龙蛇，一气呵成，如深谷出岫，愣是弄得肚子痛，也痛成了一场书法秀了。

朋友间的日常问候，更是少不得笔墨传情传意，尺牍之上，尽显真情厚谊。大暑天里，一个叫蔡襄的人，记挂着朋友公瑾的病，因是大热天，不便登门拜访看望。遂磨墨修书一封，且随信捎去他的心意——精茶数片：

> 襄启：暑热，不及通谒，所苦想已平复。日夕风日酷烦，无处可避，人生缰锁如此，可叹可叹！精茶数片，不一一。襄上，公谨左右。
>
> 牯犀作子一副，可直几何？欲托一观，卖者要百五十千。

有意思吧？相当有。日夕风日酷烦，没事没事，喝几片精茶就好了。不过是些家常话，然情谊浑厚，全在那笔墨之间。我尤其对他后面添加上去的几行字颇感兴趣，那是事儿说得差不多了，他已落款"襄上"了，突然想起来，还有事得说一说呢，他新得牯犀作的饰物一副，卖的人要百五十千的，他想让公瑾帮着看看，到底值多少钱。

　　这几行字，比之之前的，要小一些，一看就是后添上去的。是突然想起，话未尽呢，遂续着先前的墨，一挥而就。那墨迹里，有着十足的亲近、信任和知心。

追落日

二十三日

我和几个朋友一起爬山。

在山上，我们一边辨认花草，一边听虫子们唱歌。太多的虫子，在密集的草木里。我叫不出它们的名字。这也没关系，它们也叫不出我的名字。我们都快乐地活着，就好，名字只是个代号罢了。

然后，一抬头，我看到树隙间，拴着一个大大的落日。树上的每一片叶子，都被染成金色。我不能对此无动于衷。

我甩掉朋友，飞奔下山，只为找块空地，无遮无挡地看看落日。我隐约听到朋友的声音追来，他们说，你跑不过太阳的，它很快就落了。

我还是跑，一口气跑到山下。终于到达一块空旷处，然落日它没等我，它已完全消融，在天边留下一摊绯红。云朵岛屿一般浮出，一座、两座、三座……无数座，身上都罩着七彩的光环。

这是又一场美啊！我呆呆站着，我为天地间这种大美震慑住心灵。此生不复再见。

人生中，哪一次遇见不是唯一？他年再相逢，也只是似曾相识，不是从前的那一个了。我能做的，就是不错过。

后来朋友说，看我如脱兔一样飞奔下山，她有泪欲盈，她看到一个澄澈的我。

木蓝

二十四日

初见木蓝，尚不知它的名字。却被它的花色吸引，是我喜欢的温柔紫。花也好看，秀色可餐。一枝上，花一开就是一长溜儿，一个挨一个。像麦穗。紫色的麦穗。

我在南京的一座小山上遇见它。一条砖铺小径，一直修到山顶。两旁的灌木丛里，长有不少野生的木蓝。因它那特别的花穗，让我不由得多看了几眼，看了，视线就离不开了。尚未完全放开的一枝，花苞按序排开，像支珠钗。已然绽放开的，可直接拿来做花冠戴上。它的叶，跟槐树的叶很接近，只是个头儿，要比槐树小多了。它跟槐树应该是亲戚关系。

查阅，果真。它又名"槐蓝"。

可是，它为什么叫"蓝"呢？明明是一团温柔紫。

我寻根问底起来。

很快，我替它找到理由。它的叶，含靛甙，水解后生成3-羟基吲哚，此成分氧化生成靛蓝，是上好的染料。

原来，它就是靛蓝！《诗经》里有："终朝采蓝，不盈一襜。五日为期，六日不詹。"被相思折磨着的小女人，哪有心思采什么木蓝啊，她采了一天了，也没采满一围兜。她相思的那个人，出远门了，答应她五天就回的，这都过去六天了，人还没回。她嘟嘴又跺脚，发狠的话，

大概说了一遍又一遍，可都是不当真的。只要他回来，他迟归的"过错"，
她都可以原谅。——思念真是熬煞人哪。

　　那人终究是要回的吧，我不替她愁。

　　我更感兴趣的是，她当时身上穿的，定是靛蓝的衣，靛蓝的裙，再
挽一方靛蓝的头巾。她是一枝开在野外的木蓝花。

我的
人间

二十五日

　　我每天醒来，不急着起床。我喜欢听听清晨的声音，蝉鸣，鸟叫，花开，风吹……这鲜活着的一切，如水一般的流淌着。我很感谢这样的鲜活，我在其中。

　　那人在厨房切南瓜，"嚓嚓"有声。很快，我听到豆浆机启动的声音。每天，我们早起必喝一碗南瓜糊糊。这是人间烟火气，是我的人间。

　　南瓜糊盛在贝壳小碗里，色泽莹润。佐以咸蛋、米糕、小饼或是包子。有时，我说想吃烧饼了。那人会早早去买回。烧饼炕得金黄，上面的芝麻粒，鼓胀着香。我咬一口，真心实意说，为了能时常吃到这烧饼，我也要活得久一些。

　　请原谅我的俗世，每日能喝上一碗他亲手做的南瓜糊糊，能吃上他买回的烧饼，我就倍感幸福。

　　看一部情感电视剧。也只看了两节半，就没看下去的必要了。

　　享用婚姻的全职太太，整天活得如漂亮的玻璃人儿，全部的心思，都用在盯老公上。后被小三夺了位，她很是歇斯底里了一阵儿。据说痛定思痛之后，她逆袭成功，成为光芒耀眼的女强人。——我笑，戏到底是戏啊，离真的生活，到底远了点儿。

　　如果当初是郎才女貌两相当，最后却分崩瓦解，我以为原因不外乎有二：

一、做了婚姻的寄生虫。

二、沦为婚姻的奴隶。

我以为，婚姻不是生活的全部，修炼自身才是正道。逆袭不是容易做到的，那是戏。但每天让自己变得更好一点，每天让自己活得充实一些，多点兴趣爱好，多读点书，不丢失自己，还是可以做到的。纵使有一天，婚姻不在，也不至于惊慌失措。

我的
大学

二十六日

　　因翻找一个要用的证件，结果，证件没找到，倒翻出一本大学的毕业纪念册来。发黄的纸张，发黄的字迹，让我不可避免地跌回到从前，那个最青春的年月。

　　小城不算大，有点名堂的街道，横竖也就三四条。有人民路，有解放路，从东走到西，从南走到北，所费不过一两个小时，一个城的精华，也就全部浏览到了。我所念的大学，就蹲在小城的一隅，是所很普通的师范学校。校园内，房舍也简陋，楼高不过五六层。班上共有十个女生，全挤在一间宿舍内，上下床，你挨我挨你地住着。老师们也都住在校内，家就安在我们宿舍楼后的一排平房里，与我们隔着两排紫薇树，和一排梧桐。我们在宿舍里休息，会听到最家常的声音，锅碗瓢勺不时碰撞，大人叫孩子闹的。也闻到最家常的烟火，红烧肉的味道飘来时，我们都使劲嗅鼻子，真馋哪。偶也有夫妻吵架的声音，在静夜里，听来倍叫人觉得凄凉。

　　女孩们开始学着化妆，涂了艳艳的口红，穿五颜六色的衣裳，周末去谈恋爱，或是结伴去跳舞。我却像个独行客，素面朝天，穿从老家带去的格子外套，一个人跑去图书馆看书。学校虽不大，却很奢侈地拥有一幢图书楼，里面的藏书，在我看来，多不胜数。周末图书馆不开门，我再三恳求那个黑瘦黑瘦的管理员，让我进去阅读。他禁不住我的"纠缠"，把图书馆的钥匙交给我。我在那里，翻阅了古今中外大量书籍，并手抄下几十万字的《诗经》《楚辞》详解。

那时，也迷恋上写诗。天天写，写日记一般地写着。起风的时候，写风。落叶的时候，写叶。开花的时候，写花。下雪的时候，写雪。每晚十点半，就寝钟响过，宿舍的灯火会被强行拉灭。我躺在黑暗里，胡思乱想，得到一些好句子了，立马翻身坐起来，摸黑在枕边的纸上，记下来。第二天早上起床看，那纸上的字，一个叠着一个，像倒伏的草般纠缠在一起，我一一辨认，很愉悦。

那个时候，我给自己取了个笔名叫"孤帆"。取自于李白的诗句，"两岸青山相对出，孤帆一片日边来。"又，"孤帆远影碧空尽，唯见长江天际流。"我喜欢诗里那种天地苍苍，我独仗剑走天涯的潇洒气。年少时，总是要伪装孤单，骨子里有傲气，梦想着长风猎猎，孤帆一叶。——这没什么不好，年轻人的骨头，就要有股傲气，方能乘风破浪，勇往直前。

你有什么样的经历，就能成就什么样的人生。我很感谢我的大学，它让我心无旁骛地读了那么多书，并因此走上了写作之路，成就了今天的我。

栾树之花

二十七日

　　栾树是到秋天，才一跃成为"明星"的。那时，它头顶一撮一撮的红果果，像举着灯笼火把似的，把半边天都映得红彤彤的，想不注意到它也不行。那时，也只有"华丽"二字配它。

　　谁会留意它的夏天呢？夏天，它相貌平平，湮没于无边无际的绿里头。

　　除了雨，除了风。

　　雨也好，风也好，它们最是公平，从不曾遗漏掉过任何一缕花香，任何一棵草绿。

　　夏天一场雨后，风变得没那么急躁了，湿润起来。去林荫道上走走，咦，平日走惯的路，跟往常不一样了，多了些香气。那香气，好闻得很，有些像炒熟的面粉，透着麦粒香。没费多大劲，我就找到源头了，吃一惊，原来，是栾树，它们开花了。且开且落，地上铺一层，被雨水浸泡着，体香就再也藏不住了，漫溢出来。

　　栾树的花，很细密，黄里印着浅浅的绿，一撮儿一撮儿的，藏在浓密的叶间。倘若不是有心去细看，还真就忽略掉了。谁知这平凡而细小的花里面，有着日后惊人的华丽呢！未来是个未知数，用平凡成就伟大，完全有着可能。对花如此，对人亦如此。

落日
熔金

二十八日

碰见一个黄昏，一个相当令人吃惊的黄昏。

秦皇岛。海边。浅水湾处，一粒粒的人，如虾，戏水玩。有渔家把渔船靠岸，他收了网，抛锚岸上。一个三四岁模样的孩子，用他的玩具小船，装了一小船的细沙，在沙滩上努力推着。摔倒了，不哭，爬起来，继续推。年轻的父母坐在不远处，笑望着他们的孩子。涛声阵阵，海风轻拂，人心简约如一粒细沙。

突然一声惊叫炸响，看，天空啊！很快，很多的惊叫声响起来，大惊小怪的，哇，太美了太美了！我扭头望过去，立即张大了嘴巴，什么声音也发不出。

怎么形容才好呢？隔着一些树木，隔着一些房屋，那如炉火一般熊熊燃烧的晚霞，恨不得把树木点燃了，把房屋点燃了，把一个天地点燃了。它们红红的火舌，像蛇信子般的，四下里舔着、跳跃着，又往无限的高空跃去。夕阳像块烧得通红的炭球，慢慢地，慢慢地，烧熔在树木和房屋的后头。我始才见识了，所谓"落日熔金，暮云合璧"，到底是怎么一回事了。

很快，从那通红的"炭火"里，迸出无数道虹一般的光芒来，紫一道、蓝一道、黄一道、粉一道，它们迅速地，把周边染得五颜六色。云层变厚，如七彩的地毯一般哗啦一下铺开，一径铺开去。天空到底在举行一场怎样的盛会，要如此铺张？哎哎哎，奢华得不像话了！

这样的绚丽，持续了约莫半刻钟，云彩才渐渐变稀，曲终人散。一切的喧哗，渐渐停息。一枚弯弯的月亮，浮现在头顶上。

活着的
意义

二十九日

　　卖杏梅卖桃的老人，站在路边。他的单车上，挂着两个篓子，一篓子杏梅，一篓子桃。老人瘦长条的脸上，堆着山核桃般的笑，他向东来西往的人吆喝道：

　　——我的杏梅很甜的，桃很甜的，又便宜又好吃，比别处卖得都便宜。

　　——我老头不骗人的，你们吃了不甜就来骂我老头吧。

　　——我都卖了半个月了，这是最后剩下的一点儿了。没人骂我老头的，都说我老头卖的杏梅和桃甜。

　　——看见没有，刚刚这个小帅哥买了我的桃。甜吧小帅哥？

　　小帅哥正站他旁边，嘴里啃着一只桃，小帅哥勾着头，眼睛一直没离开老人的篓子。听了老人的问话，他重重地点点头，犹豫着要不要再买点老人的杏梅。

　　老人看小帅哥点头，得意起来，朗声道，我就说嘛，我老头从不骗人的。

　　——我卖完这杏梅和桃，还要回家种萝卜哎。

　　他像说单口相声似的，咕叽咕叽说下来，我在一边听半天，终于忍不住"扑哧"笑了。我在他的话里面，见到活的喜悦。杏梅摘完，桃摘完，地里该种上萝卜了，日子是一天连着一天的，事情呢，也是一桩接着一桩的。

　　什么是活着的意义？这个老人肯定没思考过。然他又是最懂得活着的意义的，他忠实于他所拥有的日常，并把守护好这样的日常，当作一己之责任。他让日子从不落空，卖完杏梅和桃，他得回家种萝卜了。——日子就这样，被他填得满满当当的。

　　我买了老人的杏梅和桃。我吃到时，想到它们是一个可爱的老人种的，心情相当相当愉悦了。

眼缘

三十日

之一，去农业生态园，看四米长的丝瓜。如愿看到。一条丝瓜长廊，垂下无数根丝瓜来，每根丝瓜，都拼命往长里长。

这让我想起小时，听说邻村生出一只六条腿的小猪，村人们成群结队跑去看。又听说某地捕出一条鲤鱼，重七八十斤，村人们又成群结队跑去看。超出常规常理的事物，往往能吸人眼球，那是因为，人人都有一颗好奇心。

之二，傍晚再去海边。涨潮了。昨日我伏在沙滩上画"心"的地方，已被海水淹没。我再次下到海里，在浅水里奔跑，浪一簇一簇在我的脚边开着花，我把海给玩坏了。小半个月亮，闪在天上。

我就要离开了。因这离开，心里有了一点淡的忧伤。人生总是这样，再好的地方，也只能作短暂停留，告别才是永恒的。

之三，街边有当场加工菩提的。那如加大的栗子般的外壳里，竟裹着一颗温润的"心"。劈开，把那颗"心"，用砂纸在水里磨上几圈儿，它真正的样子，便呈现出来，如玉。可做挂饰，可做手镯，大的如鸽子蛋，小的如鹅卵石。

靠眼缘，你第一眼看中哪个，便是哪个。加工师傅如此说。

我凭眼缘，在众多的菩提中，得一颗。才花三十元。我当它是奇珍异宝。

之四，重读沈从文的《边城》。文字的简约和秀丽，不必说。那古老的茶峒，淳朴的民情民风，让人神往。纵使有怨愤，有不幸，里面亦见慈悲。

杨马兵

三十一日

我想写本有关文学作品中的小人物的书。比如，《边城》里的杨马兵。

这个人刚出场时，无名无姓，是以老船夫的熟人的身份出现的。端午节，老船夫陪孙女翠翠进城看龙船竞渡。老船夫对龙船竞渡兴趣不大，被这个人拉到河上游半里路的地方，去一个新碾坊里，看了半天的水碾子。这个人与老船夫聊了好大一会儿的天，初步议定翠翠的终身大事。

第二回出场，这个人依然没有名姓，他是以媒人的身份出现的。"有人带了礼物到碧溪岨"，——此回出场，他是来替掌水码头的顺顺家的天保大老，说媒的。他与老船夫说了些闲话，揣着老船夫模棱两可的意见走了。

第三回出场，简直省略得不行，只两行字，就给打发了：

可是那做媒的不久又来探口气了，依然同从前一样，祖父把事情成否推到翠翠身上去，打发了媒人上路。

第四回出场，给了他一个姓，姓杨。至于叫什么名，不知，以"杨马兵"称呼。这回，还是和老船夫相交集，他牵了一匹骡马预备出城，正碰上老船夫，就拉住了老船夫，转述了一个不吉消息，天保大老掉滩下漩水里淹坏了。

还是这天，他与老船夫再度相遇，他放马在沙地上打滚，自己坐在柳树荫下纳凉，老船夫来，请他喝了些酒。酒一多，话自然多，他们聊到天保大老，聊到傩送二老。他猜透了老船夫的心事，他想帮忙探二老的口风，却在二老那里，碰了一鼻子灰。

　　第六回出场，简短的三两句，却已是大半天时光：

　　天气还早，老船夫心中很不高兴，又进城去找杨马兵。那马兵正在喝酒，老船夫虽推病，也免不了喝个三五杯。

　　第七回出场，他俨然代替了老船夫，成了翠翠唯一的依托。老船夫的后事，是他料理的。他长期在碧溪岨住下，担负起陪伴保护翠翠的重任。原来老船夫坐着的溪岸高崖上，现在，是他坐着了。他给翠翠唱歌，讲故事，为翠翠的未来作着打算。他同翠翠说了这么一段话：

　　……听我说，爷爷的心事我全都知道，一切有我。我会把一切安排得好好的，对得起你爷爷。我会安排，什么事都会。我要一个爷爷欢喜你也欢喜的人来接收这只渡船！不能如我们的意，我老虽老，还能拿镰刀同他们拼命。翠翠，你放心，一切有我！……

　　就是这么个小人物，他说出的每个字，都落地有声，有着珍珠般的贵重。

　　这个时候，他已是上了五十岁的人了。年轻时做马夫，这马夫，也便一直做了下来的吧。老船夫是信任他的，如家人一般信任。在他年轻的时候，他一定非常中老船夫的意，老船夫是想把唯一的女儿——翠翠的母亲，交给他的。他呢，又是那么喜欢翠翠的母亲，那个如翠翠一般模样的年轻姑娘，也定是眉毛长，眼睛大，皮肤红红的，长得标致，像个观音样子。他见到她，如大老二老见到翠翠一样，有把火在心口上烧着。

　　他也一定得到过老船夫的暗示和鼓励，走了"马路"，牵着马匹，到碧溪岨来对着翠翠的母亲唱歌，唱过一天又一天。只是，翠翠母亲的心，早已给了另一个人，就像翠翠把心给了傩送二老，天保大老再好，也无济于事。

　　他退出，整日与马为伴，把一份爱恋，深埋。翠翠的降生，翠翠母亲的死亡，他应该都是第一个知情的。痛也好，欢也罢，谁会留意他呢？他是从那个时候起，爱上喝酒的吧？黄昏或是半夜独酌，能换得几分醉，唯有他自己知道。他一生中，都未曾放下翠翠母亲，那个他爱过的姑娘，在他心里，是永恒的了。

　　他的结局，算是温暖，他成了翠翠唯一的靠山唯一的信托人，而翠翠，又岂不是他的靠山他的信托人？孤独和孤独相互取上暖了。

　　他是《边城》里，最光芒耀眼的一个，忠诚于爱情，又侠肝义胆。

爱在黄昏时从家里出发，一直走，一直走，走到沿河风光带。从北到南，全程走下来。一边走，一边看树看花，听鸟叫蝉鸣。

夏

八月
August

天 上 的 云 朵
地 上 的 小 孩

草
木
染

天上有云朵在飘，地上有小孩在跑，路边有繁花在开。空中有鸟雀在飞。岁月安详，流光如银。

清晨，深圳的小街道上，显得空旷洁净。路两旁的三角梅开着红花朵，还有高高的洋紫荆，紫花朵撑了一树。路上行人不多，热闹的店铺都还未曾开门。我去一家早餐店喝豆浆吃米糕，也是悠闲的。哪里的天空下，只要有了烟火气，便自有着一份亲近。

一盲人忽然出现。一根木头拐杖充当了他的眼睛，他摸摸索索，进得店来。拐杖叩响了门框，店里所有人的眼光，都投向门口。一在后台忙碌的服务小生，忙忙迎过去，搀他至桌边坐下。并很贴心的，让他在靠墙的一边坐下，以免别人碰着了他。

服务小生俯身在他桌边很久，细细报给他听店里所有的早餐——面条、饺子、馄饨、紫薯粥、南瓜粥、汤圆、豆浆、油条、油饼、米糕、菜包子……

他听着，小声问着些什么，服务小生轻声轻语解释着，一边给他布好餐具，又关照两句，这才转身走开。他坐在那里，安静地等着，脸上笑微微的。

很快，服务小生给他端来一碗干拌面，和一碟小笼包，并弯腰把筷子给他拿好，塞到他手里，他慢慢享用起他的早餐。

我多看了服务小生两眼，这孩子看上去二十上下的年纪，瘦瘦的，皮肤有点黑，眼睛一侧，有个蚕豆大的胎记。可因为一直微笑着，那蚕豆大的胎记，看上去，像极了一朵含苞的小花。

　　这孩子如春风轻拂一般，很自然地做完这一些，又自去忙碌了，店里并无多少人注意到他。

　　我喝完最后一口豆浆，去结账时，路过他身边，我轻轻对他说，小帅哥，你看上去很好看。他诧异地看看我，然后，脸红了红，微笑起来。

和光阴
并肩走

二日

午后，突如其来一场雨，很疯狂。

我在雨声里读《离骚》，"惟草木之零落兮，恐美人之迟暮"，千百年来，人生最大的恐惧，是光阴的流逝。然光阴就是那么任性，它不会听命于任何人的呼喊和挽留，径自流逝着。

和光阴赛跑，或是想滞留在光阴的身后，都不是明智的活法。赛跑虽赢得了光阴，但也输掉了生活应有的从容和乐趣，有时还会输掉身体。滞留在光阴身后，那只能使原本短暂的人生，变得更为短暂。太过碌碌无为，也是遗憾。我要的是和光阴并肩走，它走到哪里，我也走到哪里，不慢怠，不辜负。

读顾城的海外遗稿。

他是个彻头彻尾活在虚幻里的人。外面的世界走不近他，他也从未曾想过要融入这个世界。他居于孤岛，构建着自己的童话城堡，希望他爱的女孩们住在里面，相亲相爱。

他在失望中绝望着，又在绝望中失望着。

他不信活着的美好，只相信死了才是永生。

他是个疯子。

要命的是，上帝也给了他非凡的才华。他最后用才华杀死了自己。

压抑。这样的人生，不要也罢。我情愿资质平平泯于众人，过一段俗世最相安无事，又有着浅浅幸福的日子。

木槿、星星
和萤火虫

顶喜欢到那河畔去，在夜晚。河里有船，载着一船灯火，突突突驶过。河对岸的树木茂密成岛屿。黑夜里望过去，真像岛屿。

我顺着水走，我把自己想象成是一条游鱼。两边的绿意堆砌着厚厚的静谧。垂柳或是七里香，又有些别的树木。我还认出了木槿。它站在树丛里不说话。但我看到它的花朵了。黑暗里虽然看不真切，但我知道，它穿着一身淡紫的衣裳，站在那里，微微笑着。像个文静羞怯的小姑娘。

我在它旁边站了一小会儿，我也笑起来。

去一片林子里走了走。我喜欢林子里的幽深，尤其是夜晚的林子。鸟们在树上睡觉，我知道的。露珠们悄悄来访，在每一片叶子上，都吻了一吻，我也知道的。

走至空旷处，一抬头，居然看到了星星！它们散落在那些树的上头，散落在不远处人家的楼顶上。火星子一样的。

久违了老朋友！我招呼一声，挺高兴的。

如果树丛里，再有萤火虫你追我赶着。那这样的夜晚，就再完美不过了。

我站着静等，竟真的等来了萤火虫。一只，两只，三只，静静地飞舞。夜色如水，它们像划着一叶载着灯火的小舟，在夜色里穿行。

它们是天地间的点灯人，点亮一颗颗走丢的童心。

长月季的盆子里，来了个不速之客。起初，我以为是野蒿子之类的，也没舍得赶它走。它一日一日，竟很安心地住下来。月季在长，它也在长，快快乐乐地抽出茎长出叶来。我细看，像是凤仙花。心里乐，等着它开花。

又一些天，月季打花苞苞了。裹着鲜艳的红，像颗红宝石。它长高了，与月季齐肩。它也打花苞苞了，小，绿色的，不起眼的。我仔细辨认，才知认错它了，它不是凤仙花。

是什么呢？我实在说不出。看它，似乎没有一点介意，它正忙着和月季谈恋爱，一副娇羞的模样。

今晨，月季开花了。一朵红，在绿叶的托举下，风度翩翩，神采焕发，像个新郎官。然后，我看见了它的花，居然也绽放了，小鸟依人地傍着月季。花浅白，细眉细眼，眉清目秀。有点类似于小雏菊。

给它拍美照发上网，立即引发一股追忆童年的热潮。从前乡下的孩子都知道它的，猪爱吃。他们叫它"烂脚丫子"。

原来是它！

我莞尔。我们有着一样的童年。

它的学名叫"鳢肠"。又名乌田草、墨旱莲、旱莲草、墨水草、乌心草。我独喜"旱莲草"这个名，与它的外形真是相符，它是长在岸上的莲。

它是从什么地方来的呢？这怕是个永远的谜了。它是为了它的爱情而来，我却独享了这份馈赠。

一坨黛青色
的云

整理书稿，翻到一段旧话，是某年某月某日我的高中同学留的：

众里寻她千百度，伊人却在灯火阑珊处。你是我那老同学吗？是那曾在我课本里画古装美人的老同学吗？希望是你！希望能联系到你！

这个老同学是谁呢？我一点儿也想不起来了。或许，这样才是最好的，我在她的记忆中，便永远是青涩的那一个：胖乎乎的，剪着个学生头。好画美人。美人一律盘高高的髻，山花插满头。

他回家，一副感慨万端的模样。问及何事。沉吟半晌，对我和盘托出，遇见青春时期，曾有意想要缔结良缘的那一个。

怎么样啊？我故意漫不经心地问。

呔，怎么老成那样！我一时竟不曾认出她来。他发愣着，似还没回过神来。

年轻时，貌美如花，追求者众，她骄傲似白天鹅。那时，他和她，在一个地方工作，日日见着，他以为有戏，才表露好意，她的家人就出面了，挺礼貌地回绝，她暂时不会考虑婚嫁。他家一贫如洗，貌相又不出众，他自知配不上，知难而退。

那她现在的男人怎样？好奇心害死只猫，我也不例外。

混得不如意吧。她开了个小饭店，撑着整个家。真的，老得不成样了，皮肤都皱起来了，找不到一点点原先的影子了。

　　唔，我应一声。没有再问下去。他也没有再说下去。

　　后来我想，若她嫁他，是不是会老得慢一些呢？幸福的婚姻，能滋养人，可以让人老得慢一点吧。

　　黄昏。站在阳台上吹风。天上的云，是彩色的。我想着，若是裁成一条条，做女孩子的发圈，应该很好看。

　　风摇动着树枝。蝉叫声急促，似要把什么东西给撕裂开来。它们要撕开什么东西呢？是空气，还是风？

　　一坨黛青色的云，驮着一团红霞，往天边去了。像青色的马儿，驮着一个新娘子。

因果

去曾经工作的地方——唐洋镇，参加我的第一届学生聚会。

在那个小镇，我恋爱，结婚，生子，完成了我人生中最重要的一章。

在那个小镇，我住在两间旧平房里，吃着柴火烧的饭菜，洗衣都用井水，却有着近乎透明的快乐。

孩子们看到我，高兴疯了，他们回忆我的曾经。那年，我二十出头的年纪，蹦蹦跳跳走进他们中间。我在课上，领着他们唱歌，课堂上常常成沸腾状。校长找我谈话，说我这样做影响不好。我却不思悔改，他们想唱歌了，我还是领着他们唱。他们也挺争气的，我教的那门课，他们回回都给我考第一。

他们围着我说，记得《驿动的心》，记得《祝你平安》，记得《再回首》，记得《相见时难别亦难》。现在若进KTV唱歌，他们必点唱《驿动的心》。

聚餐时，男女同学三四十个人，齐声唱了这首歌。一在广州部队工作的男生，当场唱着唱着就哭起来，眼泪止也止不住。他后来跑过来，紧紧抱了抱我，在我耳边说，老师，你当年，是我们的偶像。谢谢你。

我只有傻笑。我是真的不知说啥啊，我的泪点也低啊。

后来，又有个男生，坐我身边来，跟我说当年的事。当年当年当年，全是我的当年。他说着说着，也哭了起来。他说当年，他调皮着，其他老师都嫌弃他，只有我对他好。老师，我们全班同学最喜欢上的就是你的政治课啊。

女孩子们似乎羞涩些，她们跑来，想拥抱我，又不好意思。最后，我拥抱了她们。她们说，老师啊，我们的孩子，现在都在读你的书呢。

好嘛，这时光快的！

——我想，我一生中没有做过什么惊天动地的事，但我一直把善良当作种子，一路走，一路播着。我信，种下善的因，定会结出善的果。

感谢所有的相遇！

一脚
跨到秋天

今日立秋。立秋之时，我正走在去盐城大众湖的路上，体会到一脚
跨到秋天的神奇。

路两边的草木上，栖着秋么？我们看不见，但我知道，它一定在那
儿，在一缕风里，在一片叶子上，在一朵云的心上。

坐船去芦苇荡。荡里博大，岸离得远，只有船行于水上的声音。水
清得发绿，比芦苇还绿。我睁着眼睛做起美梦来：月夜，我一个人划着
小舟来，备好小酒，带上一两个小菜，就在这荡中，歇舟赏月。三五只
白鹭，闻香而来。

中午，朋友留我们在湖边吃饭。大敞篷里坐着，端上桌的，都是当
地土肴。

一只小蜻蜓飞来。我伸手，它竟毫不犹豫，也无半点客气地，停到
我的掌上。我和一只蜻蜓，欢喜对望了许久。

它是把我当作一朵花了么？还是，也把我当作一只蜻蜓？它的信任
毫不设防，让我感激万分。

立秋后，果真有了秋的意思。晚上的风，明显凉爽起来，似乎闻见
落叶的气息。

发现又一散步好去处，离我居住地不远。小区后面，绿化带里，沿

河岸开辟了一条新的小径，铺上红色地砖，弯弯曲曲。像一条紫红的带子飘入绿里面。小径旁有竹、木槿和紫薇，还有些别的树。木槿和紫薇都开得好得很。这是我喜欢的。透过花树和竹子的缝隙，可以望见一叶新出来的月亮。老家的人都叫它"亮叶子"。

对着它看，对民间那些张口即来的叫法，简直崇拜至极，那里面不着痕迹的比喻夸张，比比皆是，叫人拍案叫绝。比如这亮叶子。岂不是！刚出来的月牙儿，真的像一片亮晶晶的树叶子的。

由于是新开辟的小径，暂无人光顾，只我独享着，这一竿竿青绿，一树树烂漫，连同蝉声、虫鸣，还有天上那一枚亮叶子，都是我的。我觉得奢侈得很。

看胡适家书，被他的温柔糯软给惊着了。

冬秀：月亮快圆了，大概是十二三夜。我在旅馆的十四层楼上看月亮，心里想着你，所以写这信给你。

这是他书信里的一封，写给妻子江冬秀的。这样的话，适合轻声念，在月亮的夜晚。念得漫天漫地的月色，都长出藤蔓来。异国他乡十四层的楼上，他满满的思念，都化作一页的浅吟低唱。人都传言，他的小脚太太多么强悍，多么与他的学识不般配。可这思念的幸福，有几人能懂？在婚姻里，他不做学问，他只是个普通男人，有低到尘埃的眷恋。

我喜欢这样的低到尘埃。

他写给儿子祖望的信，则更有意思。他一颗做父亲的拳拳之心，与寻常的父亲别无二样。1929 年，才 10 岁的祖望，过起住校生活。胡适给他写信，是千般舍不得万般不放心：

祖望：你这么小小年纪，就离开家庭，你妈和我都很难过。但我们为你想，离开家庭是最好办法。第一使你操练独立的生活；第二使你操练合群的生活；第三使你自己感觉用功的必要。

然后是千叮咛万嘱咐，还细细附上了六条注意事项，诸如不要买摊头上的食物，不要喝生水冷水，不要贪凉之类的。

一年之后，住校的祖望，各门考试与做父亲的他的期望相差太大，他被 11 岁的儿子气昏了头，盛怒之下，他手书一封信给儿子：

祖望：

今近接到学校报告你的成绩，说你"成绩欠佳"，要你在暑期学校补课。

你的成绩有八个"4"，这是最坏的成绩。你不觉得可耻吗？你自己看看这表。

你在学校里干的什么事？你这样的功课还不要补课吗？

我那一天赶到学校里来警告你，叫你用功做功课。你记得吗？

你这样不用功，这样不肯听话，不必去外国丢我的脸了。

今天请你拿这信和报告单给倪先生看，叫他准你退出旅行团，退回已缴各费，即日搬回家来，七月二日再去进暑假学校补课。

这不是我改变宗旨，只是你自己不争气，怪不得我们。

哈哈，真是有点气急败坏呢。这样的气急败坏，又是最接近尘埃的，浓醲如琼浆的爱，一滴一滴，都在里头。只是可怜了小小的祖望，好好的旅行计划泡汤了，一个暑假，他将在父亲的严厉督促下，补课学习，处在"水深火热"之中了。

七夕

九日

　　七夕。一年守候，终守得鹊桥上一夕相会。值或不值，不是局外人能评价的。秦观说，"两情若是久长时，又岂在朝朝暮暮。"那其实是无奈之下，强撑着表示的坚贞和坚强。

　　现在有句流行语，最长情的告白是陪伴。这才是我们想要的爱情。

　　我在微博上发了两张我和那人的合影，我写下这样的话：

　　我想要的爱情的样子就是这个样子——无论我到哪里，你都在我的身边。

　　阅读，汪曾祺的作品。每日读上二三十页。又朗诵了《离骚》。每日一遍，直至它化成汁水，融进我的血液里。

　　许多的成功，并非有什么过人之处，只不过是能坚持。日积月累，积少成多，你要的成功，自然也就来了。

　　晚散步。在一座桥上遇母女二人。母亲七十多了，女儿也已中年。她们在看停泊在水里面的船，兴致勃勃的。母亲眼神不好，把几艘船看成是小岛，她兴奋地说，这里还有个小岛啊。女儿附和道，是啊。

　　我走过她们身边，笑着纠正，那不是……船么。我的"船么"尚未说完整，做女儿的赶紧接过我的话头，是小岛。她轻轻碰碰我的胳膊，我妈眼睛还看得见小岛呢。她又转头对她母亲说，妈，你真棒！

这是我听过的最美的谎言。我为之感动。

赏月，宜从树隙间。风在吹着，树枝在摇着，月亮像荡在水波里。树下的草丛里，蟋蟀和纺织娘们在话家常，高一声，低一声，长一声，短一声。身边再有个相爱的人，唔，那真是人间至美。

我刚好，都有了。微风吹拂，我们并肩站着，赏月，赏树隙间的那一枚。月还没圆，也好看，像银子雕镂的一片花瓣儿。

十日

　　做了一个梦。梦里竟是清楚自己在做梦，一再提醒自己，要记住要记住。醒来，还是忘了。

　　窗外，小鸟的演唱会已散了（早起，它们都要举行一场演唱会的），蝉开始登场，吹着口哨，快快乐乐的，俨然不知离别将至。或是知，却不在意，它们懂得当下的拥有，才是最真实的。阳光，又如钻石般的，镶嵌着我的窗。我恍惚着以为是梦，掐掐自己的手指，疼。真好，我活在这真实的世界里。

　　午时，突然雨至。

　　我是看着天空变了脸色。起先还光洁着，渐渐蒙了灰。雨从南边过来了，窗台上开始敲起架子鼓。

　　心里欢喜。好久不见雨的。日日阳光，也易叫人焦灼呢。我伸出手臂至窗外，任雨爬满其上，有清凉的舒适。

　　盼雨的不止我，还有树木、花草、泥土、庄稼和河流。我看到楼下的紫薇、栾树和广玉兰，仰着脖子在痛饮。

　　由此我想，偶尔的忧伤，也不要拒绝。把它看作是快乐的点缀好了。就像雨是阳光的点缀。因这样的点缀，世界反倒更充满活力。

　　雨后的天空，像小孩子的涂鸦。色彩东一块西一块的，弄花了脸，弄花了手，弄花了衣。一对晶晶的眼睛，晶晶地亮着。叫人真是爱呀！

那会儿我在乡下。

夜幕降了，星星们出来了。月亮也出来了。

星星真多。月亮也比城里的亮。稻田里，蛙们在叫，然看不见萤火虫。一只也没有。

我妈说，农药打太多了，萤火虫都绝种了。

很可惜，以后的孩子，怕只能从图片上去认识它了。

从老家带了两只小南瓜回来。南瓜的样子最是可爱，趴在地上，趴在草堆上，憨厚着。一看就是个老实的孩子。

种花

十一日

我在我妈门前撒了些花种子，我买的。有格桑花、波斯菊，还有些别的小花儿。

一些日子后，花出芽了，很快疯长成一片。我妈门前开始热闹起来，像来了一群穿着鲜艳衣裳的孩童。

村人们没见过这些花，都好奇地跑去看。孩子们更是日日频相顾，围着花转着转着，趁我妈不注意，偷掐下一朵来。我妈假装没看见，扭过头去，悄悄笑。

有人开始移栽。我妈起初还吝啬着不肯给。我让她放心，我说这些花性子都泼，一长就是一大片，只要想要的，都给。

于是乎，我妈门前总有人去讨要花。我妈说，烦死了。我看她说这话时，是多么口不对心，她脸上的笑容里，分明写着快乐，给予的快乐。

格桑花开过了，我妈收集了一大包种子，她想把屋后也种上。得知她有花种子，不少人跑来讨要。今天我妈又告诉我，隔壁村子里的谁谁谁，也跑来问她要花种子。我问，给她了吗？我妈狡黠地答，我只抓了一丁点给她，要的人多哩，我要省着点。

我很高兴，我随手丢下的一把花种子，让我妈的晚年，不再寂寞。我更高兴的是，一个村庄，不，更多的村庄，都将有花开沸沸。

　　回他的老家，参加一个几未谋面的长辈的葬礼。跪了一场的人，都在说说笑笑的，无半点悲伤之意。这个长辈瘫痪在床已好几年，预料中的死亡，悲伤早就被时间风蚀掉了。

　　生命中，我将无数次经历这样的送别。到最后，我也将被一些人送走。到那时，我希望，送我的人也是说说笑笑的，欢聚一堂，就像我只是平常的一次出远门而已。

　　我喜欢人家门口长花。不定是什么花，月季也好，芍药也好，疯长的蜀葵也好。或者就胭脂花和凤仙花吧，路过这样的人家，我总要多看几眼，生着好感，觉得这样的人家，有热情和热爱。

　　就像今天，我路过一个人家，他们家门前长满了海棠，开粉红的花。我实在欢喜，对着他们家的青砖青瓦房，看了又看。

一生也不过
是一下子

十二日

之一，给自己化了一个淡妆。岁月到底也在我的脸上留下痕迹，色斑，皮肤暗沉，失去水灵。可是，这样的一个我，我也是爱的，她的眼睛里，有安之若素的泰然。

穿一件绿底碎花外搭，配一条花苞苞麻色裙子，看上去，也是清爽愉悦的，适合外面的夏天。

只是，当我走出去，蝉或小鸟或蝴蝶什么的，会不会把我当一棵植物，飞来，在我的肩头停歇、欢歌？

如果是那样，真是再好也没有了。

之二，一些不必要的人，不必要的事，要拒绝。

我在慢慢学会。

说着言不由衷的话，陪着莫名其妙的笑，对我来说，是煎熬。我做不到处世圆滑。不喜的场合，就是不喜。不喜的应酬，就是不喜。不相干的人，我就是无法做到融入。

只求留给自己清宁。

之三，一天不过是一下子。

一月不过是一下子。

一年也不过是一下子。

一生也不过是一下子。

一下子，光阴已越过千山万水去。一下子，少年已变成耄耋。

当我明白时间溜得这么快时，我唯一能做的，也就是紧着做好手头的事。

之四，最近爱在黄昏时从家里出发，一直走，一直走，走到沿河风光带，从北到南，全程走下来。一边走，一边看树看花，听鸟叫蝉鸣。有时，我会在一朵花前停下来，看看它。它也看看我。我们彼此无言，却都是懂得。没有一朵花，是大声喧哗的。

也看水，看河里船只。各有各的忙碌。各有各的方向。这是生命的奔流。

这时候，我觉得灵魂的静和空灵。我爱这个时候的自己，很爱。

天黑了，我便回家。

藕花露

十三日

　　参加同事小孩的百日宴。看那么粉粉的一小团，被抱在手上，他还不会说话，不会走路，这个世界对他而言，是等待涂抹的一块调色板。他会长成什么样子呢？谁知道。

　　要带大这么小小的一团，得付出多少代价呀。小小的他哪里知！他抿着小嘴儿，做出哭的表情，一旁他年轻的爸爸妈妈就着急起来，可是尿了？可是要喝奶？可是衣服包得太紧？他们手忙脚乱起来，脸上却洋溢着快乐和幸福的笑。

　　去看藕花。对，藕花。长在城郊，好几大片相连，蔚然壮观。

　　藕花多白色。花朵特别特别肥硕，叶片儿也是，厚实、肥大、圆润。摘一片我当船摇，一定也还可以。

　　我和竹子、英子打扮得花枝招展。我们做着追星族，追着藕花留影。

　　一乡人提着小桶摘藕花。他拣那种才打花苞苞的摘。藕花的花苞苞像箭矢，瞄准着什么就要射过去的样子。我替花苞苞心疼，问他，为什么要摘下来呢？留着它们开花不好么？

　　笑答，是做藕花露呢，婴儿洗澡滴上几滴最好。

　　藕花露？为这名字惊了一下。回家查资料，找到"白荷花露"这一条：

　　白荷花露，来源是睡莲科植物莲的花蕾蒸馏所得的芳香水。清暑、凉营。治感受暑邪，烦热口渴，喘嗽痰血。

想来那"藕花露"也类似于这"白荷花露"，或者本身就是。

那乡人还说了句，过些日子，你们来吃藕啊。

包容

十四日

夜里做梦，身上爬满软体的虫子，钻入我的肌肤里里。拔出一条，又冒出一条，前赴后继。我吓得大叫，爸爸！爸爸！惊醒，奇怪着，我怎么会叫爸爸呢？

那软体虫子是蚂蟥，我少年时最惧怕的。秧田里多，玉米地里也多，它能在人的皮肤上打洞，像挖井一样，越挖越深，它钻在里面吸血，而你却浑然不觉。

那时，我顶怕下秧田或玉米地里干活。偏偏那地里杂草层出不穷，我们兄妹几个，每每总要被母亲强抓了去拔草。我哭，不肯去。我爸就出来阻拦我妈，不要让二丫头去了。

我爸现在老得很了，耳朵也不大听得清了，我叫得再大声，他也不能来护着我了。念及此，不觉泪下。有一种爱，叫眼睁睁看着你，却无能为力。

汪曾祺是个百折不扣的吃货。他面对食物，比面对美人要难抵御得多，往往是来者不拒。辣的酸的臭的甜的，他都品咂得津津有味。他自诩是个"有毛的不吃掸子，有腿的不吃板凳，大荤不吃死了人，小荤不吃苍蝇"的，又挖空心思翻着花样吃，单个豆腐就有凉拌、烧、煎、炒、煨，还顶爱吃那臭豆腐。某年我在沈阳参加一个笔会，主办方请我们去吃当地小吃，中有一人介绍到当地小吃，说到臭豆腐，立即变得很激愤。我恨不得砍了那些炸臭豆腐的人的手！他说时，神情切切的，苦大仇深。

　　人的口味真是顶顶说不准的，你喜欢的，未必就是他人喜欢的。你不喜欢的，也许是他人的舌上好。还是包容一些的好。所以，喜欢汪曾祺本人比喜欢他的文字更甚。他走一路，吃一路。活了一辈子，吃了一辈子。有了红皮水萝卜吃，他连水果也不吃了。他是有口福的一个人，活得真实而博大。

写给小豌豆

十五日

这是第三次梦见你了，小豌豆。

那么清晰。

你已咿呀会语，脸蛋圆鼓鼓的，像只饱满欢实的石榴。像我。

你当然长得应该像我多一些。因为，你是我的女儿，我的小豌豆。

你叫——妈妈，全世界的花儿都在一刹那间开了。你在地板上爬，两只黑葡萄似的眼睛，让我想起春天池塘里的小蝌蚪。愉快的小蝌蚪呀！

我给你读我专门为你写的童话。你歪着小脑袋倾听的样子，像一只小小袋鼠。

哎，我该叫你小豌豆呢，还是叫你小袋鼠？

我一直盼望有个女儿。像粒小豌豆。

我喜欢四月的田野，豌豆花开的样子，那引颈顾盼的神采，是小女儿才有的清秀和娇媚。

我要给你扎上红红的蝴蝶结，穿上碎花的蓬蓬裙，蹬上红靴子。我们一起去野地里采花，一起聆听虫子唱歌，一起在三月天里，牵着风筝飞。风筝有多高，你的笑声就有多高。多好啊！

我讲给你听，这大地上的温暖和甜蜜，麦子、玉米、大豆、棉花、水稻，它们都怀揣着很多有关大地的故事。

你是我的再版。然又不是，你是一个新的启航。

你有你的全新的一个世界。

我会教你念《诗经》、唐诗和宋词的吧。

你该遗传了我的记忆力，能熟背我教你的东西。

我还会一笔一画教你写字。写春天的花朵，夏天的绿荫，秋天的果实，冬天的白雪。一个人的存在，如同四季轮转，各有各的风采。不要怀疑人生，永远不要，快乐地活着，最最重要。

我会送你去学古琴或古筝，我喜欢女孩子会一点乐器。不定会什么。但我觉得，女孩子会点古琴或古筝，会更温婉些。当然，你要学吉他和打击乐器，我肯定也不会反对。只要你喜欢。

只要你喜欢，无论是文学的音乐的绘画的建筑的缝纫的，你就去做吧。任何一项你手底下的再创造，都是艺术。

我的小豌豆，我希望你热爱艺术，就像热爱生命一样。

多一个女儿，就多了一个闺蜜。

我们的喜好是多么雷同，我喜欢粉粉的东西，你也喜。我喜欢糯的食物，你也喜。我喜欢各色糕点，你也喜。我喜欢收集各种各样的小物件，你也喜。我喜欢花花草草，你也喜。

　　我们有着共同的秘密，藏着共同的欢喜，避开你爸和你哥哥，我们一起去吃冰淇淋吧，吃个够。

　　我们一起逛街。一起挑美美的衣裳。你穿一件，我穿一件。

　　我们互换着角色，我对你撒娇，你对我撒娇。

　　小豌豆，我不要做你妈妈，我要做你的朋友，陪着你快乐地成长。

　　醒来，我很惆怅。我怎么会做这样的梦呢？

　　我的盼念，居然凝结成一个梦中的你。

　　小豌豆，祝福你在我的梦里，万寿无疆。

自有还家计

十六日

　　许浑这个人有意思，我注意到他，是因他的出生地离我不算远，他在镇江。镇江有些方言和我老家的差不多，风俗习惯也多有雷同。

　　他的诗文，是晚唐的一枝独秀。诗里多雨多水，又湿润又水灵，后人把他和杜甫并列一起说事，有"许浑千首湿，杜甫一生愁"之评语。

　　这也不难理解，江南本就多雨多水的，雨丝轻拂，小桥流水，这是最具江南特色的。晚年，他归隐乡下，一个叫丁卯村的地方，因他从此扬名。读他的诗《夜归丁卯村舍》，有亲切感，虽无甚特别的，但有宁静淡泊之气，充溢心田。平淡舒缓中，有着动人的世俗的真，和安详。诗录如下：

　　月凉风静夜，归客泊岩前。桥响犬遥吠，庭空人散眠。

　　紫蒲低水槛，红叶半江船。自有还家计，南湖二顷田。

　　真得感谢能生于这样的乡村，再无路可退了，家里总还有两亩薄田在等着。

　　我也生出这样的心事和自得，等我老了，也有个好归处，乡下母亲的两间老房子，一直给我留着。

　　晚上小跑步，被一块砖头绊了一下，重重摔了一跤，膝盖与手腕皆受伤，血淋淋的，自己看着都心疼自己。真是人有旦夕祸福啊。

　　事后，又庆幸不已，幸好不是磕破了脸。幸好没有摔断骨头。又觉得自己是赚到了。

　　月亮已胖得不能再胖了，明日月半至。我将以受伤的名义养伤。等到月亮瘦下去，我的伤会好了吧?

做个内心有
温度的人

十七日

　　忍着膝盖疼，去给一些孩子和家长做讲座，那是我早就答应了的，我不能失信于他们。一个人最好的品质，是守信。

　　我坚持站着，讲了一个多小时。我讲文字可以救人，也可以杀人。我讲要心怀美好，让手底下的文字，充满温度，充满希望和力量。我讲这个世上，最伟大的事业不是别的，而是活着，好好活着。台下有无数双眼睛熠熠。我又会影响多少人呢，让他们热爱上读书热爱上生活？我希望自己是一束光亮，能够照亮一些人，而这些人，又用这些光亮，去照亮更多的人。

　　有读者一家，驱车五六个小时，赶来听讲座，令我感动。这么热的天啊。

　　签名。我最爱写上这样一句话送他们：做个内心有温度的人。

　　膝盖也终于肿起来，肿得像个发酵的大馒头。

　　我只能乖乖躺着。这个时候，我羡慕窗外的清风，羡慕飞跑的云朵，羡慕在树上啁啾的鸟，羡慕蹑手蹑脚走过人家窗台的猫，羡慕那睡在路边绿化带旁长椅上的老人。每晚，她必在那儿睡一会儿，吹风。吹够了，她起身走。她是打哪儿来的呢？

　　我躺在床上，我想着她。这会儿她是不是沐着月光而眠？我不在，那些石榴和紫薇，那些凌霄和荷，依旧开着花。月亮也在饱满着。

每片叶子都亮得耀眼

十八日

凌晨，被月光惊醒了。

窗户没关，月光从我大敞的窗户里跑进来，和阳台上的吊兰、珍珠莲、绣球花、蟹爪兰们嬉戏玩耍。它吵醒了它们，给它们每一个都重新梳了妆，戴上满头满身的银饰。它们似乎并不恼它，跟着它跑起来，环佩叮当。它们是要跟着它去旅行么？

我闭上眼睛，等月光偷偷跑过来，来吻我的脸。夜，真静。

和一热爱写作的女子聊天，她苦闷于写这么多年了，却连一本书也没有出版。

我回她：

那，亲爱的，不要去想成就什么，只想想，你喜欢什么。你是因喜欢，才写作的，而不是为了出版。这么多年，你坚持着写下来，你成全了你自己，这就是最大的收获。有些事，真的不要带着目的性，你只管顺从自己的喜欢，走下去就是了。我相信，上帝他老人家不会辜负每一个肯努力的人。

　　膝盖肿疼中，暂不能外出散步了。也没关系，我可以撑着在阳台上望天。

　　五点了，太阳移到楼那边。楼下的树木，有些隐在阴影里，有些在光明中。阴影里的树木都沉静着，默然不语。光明中的，有着煊然的热情。每片叶子都亮得耀眼，颜色深深浅浅。栾树开始结果子了。

　　风大。天上一丝云也没有。黛蓝色。一铺到底的黛蓝色。我想在上面画画。或者，剪下它来，做一件旗袍穿，要在下摆上，绣上碎碎的紫薇花。

青瓷瓶插
紫薇花

十九日

鸟吵醒了我。

鸟们起得可真早。六点还不到，它们就醒了。

不是悄悄的安静的，而是喧腾的，敲锣打鼓的。好像它们怀着叫醒这个世界的使命。唧唧啾啾，啾啾唧唧。婉转，清丽，长曲更短曲。鸟是这天底下最出色的歌唱家。

树醒了。花醒了。草醒了。云醒了。太阳醒了。睡在一棵红叶石楠下的小花猫，也醒了。

猫的叫声挺温柔的，喵——它一声叫，不知是为了唤醒谁。晚上散步时，我在小区遇见过它，它躺在一块石板上打滚，往左翻一下，再往右翻一下，像只皮球。

我躺一会儿，睁着眼，静静聆听这世界醒来的声音。

随手抓起枕边的一本宋词，翻到哪页读哪页。发现古人特喜倚着栏杆说事儿，望风望雨，望春归望秋落，望月华望星星，望断天涯路……所有的思念、深情、失落、悲伤，在一倚之中连绵。今人却无栏杆可倚了，纵使有可倚的，目及之处的大自然，早已被钢筋水泥，还有灯红酒绿车流人流给切碎了。所以今人的情也不深爱也不真了。

读到杨万里写紫薇花的，相当有情趣："道是渠侬无好事，青瓷瓶插紫薇花。"清早起来，剪一枝带露的紫薇花，斜插在青花瓷瓶里。粉粉的一团碎花，紫红好，粉白亦好，或就蓝紫吧，也是好的。白底子青花的瓷瓶，像丰腴的美人，插上这么一枝花，立即有了妖娆气。连同一个清晨，一齐妖娆起来。

　　我立即起身，想效仿一下。我没有青瓷瓶，就拿酒瓶吧，也插它一枝带露的紫薇花。

我已无娇
可撒了

二十日

　　膝盖上的伤口结痂了，反而更疼了，皮肤绷得疼。不能站立，更不能行走，稍稍动一动，结痂处就会崩裂开来，渗出血水。我让那人给我伤口拍照，以作纪念。我笑谑称，我的膝盖上，开着一朵花。

　　可不是么！且是朵独一无二别人想模仿也模仿不来的花。

　　跟我爸通电话。

　　我说爸我受伤了。

　　我爸笑起来，问，怎么伤的？

　　我说，跑步摔的，很重，这都第五天了，还肿得老高，不能走路。

　　我指望着我爸会紧张和心疼一下。从前，我小小的感冒，我爸我妈都会在家坐不住，非跑来看我不可。

　　但这次，我爸也只是片刻地愣了愣，说，哦，你要小心点啊。他的话题迅捷扯到家里的羊身上，扯到邻居家谁谁谁身上。又说我妈闹牙疼，嘴肿了，他也有些感冒了。

　　他的思维跳跃得很快。

　　轮到我紧张，我问妈牙疼几天了？你感冒吃药了吗？我爸笑嘻嘻地说，不碍紧。他话题一拐，又说起村人大何家的事来，他说，大何家的鸡得了鸡瘟，全死掉了。

那死鸡你们不要吃啊。我关照。

晓得的，那哪能吃！我爸朗声答。他突然问，你最近怎么不回家看我们？

我看看我肿胀的膝盖，叹一口气，说，爸，过两天我就回家。

搁下电话，我躺在夜里头想，爸妈老了，他们爱不动了！我已无娇可撒了。

二十一日

窗台上，一盆文竹出我意料地枝叶茂盛起来。

它原是枯死了的。

那日，我去一条老巷子里买烧饼，那做烧饼的是祖上传下的手艺，都传三代人了。每次去，得排队等。我在排队的间隙，看到旁边有花店，一男人坐在店门口，冲着我们这支队伍咧笑。在他的身侧搁着一盆文竹，蓬勃蓊郁。太蓊郁了，长得像棵小树。颠覆了之前我对文竹的印象，印象里，它是弱柳扶风的。

烧饼也不买了，我买文竹去。寻常的春日清晨，因这一盆文竹，变得意义非凡起来。我特地询问了护理的办法，男人说，你只要定时给它浇浇水透透风就行了。

我按男人教我的办法，定时给它浇水透风，它却不领情，一日一日枯萎下去，直至气息全无。因装它的瓦盆看上去尚可，我考虑着秋天可栽些菊进去，故而，把它搁在窗台上，等着秋天来。

谁知它悄悄的，竟从枯萎中，挣扎出新的生命。

是什么力量驱使着它这么做的呢？我很好奇。

是信念吧，活着的信念。

谁都有着信念的。一盆文竹亦不例外。

夜晚，听不到蝉叫了。白天也少有。秋到底像秋了。

月亮的脸，还不见瘦。月亮尚在它的中年。

墨梅

二十二日

今读到陈与义的《墨梅》诗五首，本是闲读读罢了，却不承想，竟读出一段颇有趣的故事来。

陈与义写这组墨梅诗时，完全是场意外。是因他的表兄张矩臣。此人深喜书画，且能诗文。一日，得画僧释仲仁的一幅墨梅画，赏玩再三，捉笔题了首墨梅诗于其上，被陈与义看到。陈与义当即灵感迸发，以诗相和，这一和，就和出五首之多：

之一

巧化无盐丑不除，此花风韵更清姝。

从教变白能为黑，桃李依旧是仆奴。

之二

病见昏花已数年，只应梅蕊固依然。

谁教也作陈玄面，眼乱初逢未敢怜。

之三

粲粲江南万玉妃，别来几度见春归。

相逢京洛浑依旧，唯恨缁尘染素衣。

之四

含章檐下春风面，造化功成秋兔毫。

意足不求颜色似，前身相马九方皋。

之五

自读西湖处士诗，年年临水看幽姿。

晴窗画出横斜影，绝胜前村夜雪时。

这些诗中，青年陈与义对释仲仁的画作，作了高度赞扬和文采飞扬的解读，如高山遇流水，一时间被传播开来，惊动了当时的徽宗皇帝赵佶。赵佶召见这个有为青年，对他的才识无比赏识，从此，他官运亨通，一步万里。

他得感谢释仲仁。

释仲仁，北宋人，一段时间住衡阳（古称"衡州"）华光寺中修行，人称"华光和尚"。据王冕的《梅谱》记载，释仲仁一生酷爱梅花，所居方丈室外，遍植梅花。每到花开时节，他把床搬到梅花树下，终日对其吟咏。一日深夜，月光皎皎，他独坐树下，但见梅枝花影，横陈于纸窗之上，萧然可爱，他忍不住研墨描摹，天亮时看纸上所描摹之画，竟有月亮的影子。从此，他以墨画梅，一发不可收拾，自成一格，被后人尊为"墨梅始祖"。他还因此写下《华光梅谱》，对画梅技法，一一道来。其中一段画梅总论，读来颇有意思：

木清而花瘦，梢嫩而花肥，交枝而花繁累累，分梢而萼蕊疏疏。一为树，二为体，三为梢，长如箭，短如戟。宇宙高而结顶，地步窄而无尽。若作临崖旁数枝，枝怪花疏，只欲半开。若作炼风洗雨，枝闲花茂，只看离枝烂漫。若作披烟带雾，枝嫩花茂，只要含笑盈枝。若作临风带雪，干老枝稀，只要墨拨，淡荡花闲。若作停霜映日，森空峭直，只要花细香舒。学者须要审此梅有数家之格，或有疏而娇，或有繁而劲，或有老而媚，或有清而健，岂有类哉？有生山岑者，有生山谷者，有生篱落者，有生江湖者，其枝疏密长短有异，不可不推。

墨染之下，梅花呈现出千姿百态，肥瘦相宜，疏密有间，或含苞半开，或烂漫天真，或含笑盈枝，或娇或媚，或劲或清，又生于山上、谷中、篱落旁、旷野中，姿态丰采又有着异样，各各的趣味，在那或淡或浓或浅或深的墨中晕染、氤氲，给人无限遐想。

元代王冕的墨梅，受他影响最大：

吾家洗砚池边树，个个花开淡墨痕。

不要人夸好颜色，只留清气满乾坤。

这是王冕自题于一幅墨梅画作上的诗。说是夸墨梅，我以为是夸这个老僧，他就是一棵淡墨洇染的梅，清气永存。

露天电影

二十三日

早晨醒来，我喜欢在床上赖上一赖，听听窗外的鸟叫。

有一种鸟叫得好生奇怪，像在一连串用着惊叹词："啧啧"，"啧啧"，"啧啧啧"。它是被什么奇闻趣事给惊着了？像瘪着嘴摇着头惊叹的老头老太太。还有一种鸟似在呼唤谁，来嘛，来嘛。嗓音又娇又柔。我想，该是些迷人的小姑娘。另外有些鸟像在笑，笑得吃吃吃的。是喜欢窃窃私语，捂着嘴傻乐的妇人吧。有的鸟则玩起乐器来，吹着葫芦丝，或是口琴，或是弹起古筝。四周的叫好声随即响起，好啊好啊好啊！——这又是什么鸟在叫？

我免费地听着这些，觉得快乐。

下午，站窗口拍天上的云。因膝盖受伤，困在屋内多日，我想念外面的世界了。

下午的云，刚睡醒的样子，几分惺忪，几分慵懒，又带着点随性散漫。这散漫里，自有着迷人处，不伪装，不迎合。这个时候的天空，太像一块画布了，我想在上面画点什么。我要用红笔画花朵。绿笔画青草。再画一两棵紫薇树，花凌凌地开。

楼下的紫薇花，开了好些时日了，不知疲倦的。我很感激它。

　　小区放电影，露天的，傍晚升起了幕布。喇叭里一声声播送通知：各位业主注意了，小区今晚七点半准时放电影，欢迎大家到时观看。

　　听着，竟有些热血沸腾。我想起小时的露天电影了。幕布升起来的时候，我们在隔得老远的地里割猪草，听到喇叭里播送通知：各位乡亲注意了，今晚我们放映的电影是，《洪湖赤卫队》。站定，傻傻地冲着电影幕布升起的地方，笑，激动的心，快蹦出胸口了。然后，拔脚就往家跑，一路跑一路跳，太高兴了，今晚有电影看，要去占好座位去。

　　晚上，电影开场，我站窗口"看"。我听到孩子们奔跑追逐的声音。似乎一个小区的孩子都跑出来了。电影放的什么，对他们而言根本不重要，他们享受的是这露天里无忧无虑的时光。

　　真好。长大后，关于露天电影，他们也有温暖的回忆了。

蔬菜
开花

二十四日

偶然间看到洋葱开的花，惊艳了！

家里不曾长过洋葱，从前乡下也不曾长过。它的花，完全可以列入群芳谱中去。

紫色的小花儿，像用紫水晶雕的，密密地攒成一个紫色的球球。过去大家小姐抛绣球，该拿这个去抛。

蔬菜里面，开花漂亮的还有很多。韭菜开花，漂亮得可以上得绣屏。油菜开花就不要说了，乡下的春天，是靠它来铺陈的。青椒开花，精巧细致得惹人怜爱。豌豆开花，如一只只展翅的小紫蝶或是小白蝶。丝瓜花或黄瓜花，是一群无心无肺的傻妞儿，整天笑嘻嘻的，特别招人喜欢。扁豆若趴在屋顶上开花，那幢房子，就美如童话了。香菜开花，是宜开在旗袍上的。好女子穿着，在江南的雨巷里，一步一摇地走，当美得很。胡萝卜开的花，吓我一跳，噗，那么美！像精致的杯盘碗盏团团摆开，来呀，我们来个一醉方休。嗯，如果要在蔬菜花里来场选美，我要把票投给它。

我想种一颗胡萝卜头了，等着它开花。我想种的还有洋葱头、青椒和土豆。

今日处暑。"暑气至此而止矣"。果真有了凉爽。秋风送爽，真正是。

　　腿伤恢复得好慢，伤口处结了很厚的痂，不知里面有没有化脓。总之，是疼。还是不能走路。

　　坐着写作，也是痛苦的事。腿不好搁，垂下和搁凳子上都疼。也不管它，任它肿着吧。我戏称，人生又一体验。难得哎。

我们看
桂花去吧

二十五日

一女子被一个她一直当作朋友的人，在背后使了绊子，弄得她很受伤，为此寝食不安，愤愤不平。她在我跟前控诉那一个，恨得牙痒痒的，她说我真想不到的呀。说完，还掉下委屈的泪。

我笑她，瞧，你果真上当了。给你使绊子的人，最希望看到的就是这个结果呢，你越不开心，她就会越快乐。

她眼泪哗哗看着我，不能释怀，她说，我没有对不起她呀，她为什么要这么对我？我冤死了呀。

唔，那怎么办？掐死她，就洗白你了？我问。

她不语。

我塞给她一只苹果，我说，吃吧。又把她面前冷了的茶，给重新续上一杯热的。我说，喝吧。

不管在什么境地下，慢怠自己，都是做得很傻的一件事。用别人的错，来惩罚自己，那就更傻了。最好的办法是，弄疼了你哪里，揉揉就是了。然后，继续走你的路，该唱歌时唱歌，该吃苹果时吃苹果。就像一粒沙子，进入到你的眼里，你吹掉就是了，何苦跟那粒沙子较着劲？最终，害苦的只能是你的眼睛，和你整个的人，一点也划不来呢。

她不语。神情却不似刚刚那么激烈了。

她歪着头想一想，喝下面前的茶。

　　我拍拍手，笑了，这就是了。这世上，要让我们留意的事儿太多了，我好像闻到桂花的香了呢，收拾起你的坏心情，我们看桂花去吧。

光亮

二十六日

我坐在窗前写作。

一粒风携着一粒阳光,在我的窗台上跳舞。有小孩子嬉戏的声音,从楼下传过来。如一些鸟儿在婉转啁啾。我微微笑起来,没有人看见。

没有人看见。然这些细微的美好,已如微尘,融入空气中,吸进我们每一个人的体内。我们因此,有了善良,有了柔软。

一切小的事物,都是柔软的。小花小草,小猫小狗,小鸡小鸭,小羊小猪,小鱼小鸟,哪怕是小狼小虎,也是柔软的。还有小孩子。

再坚硬的世界,在这些柔软跟前,也会主动低下头去。

幸好有这些柔软在。

黄昏时的天空,光亮是揉着金粉和橘粉的。我喜欢那些光亮落在人家房屋顶上,落在树木身上,落在我的肩上。我觉得美好。是那种安定的,一切变得柔和的美好。

我喜欢在这样的光亮里,缓缓散着步,缓缓地走回家去。当我到达小区的楼下,抬头,望着我的小屋时,我看见那光亮,在玻璃窗上闪了闪,而后,天开始暗下来,黑夜降临。回家的人,陆陆续续地回家了。

秋天是
一个大词

二十七日

　　亲爱的花花从上海回来，陪她。两个人沿着街道，漫无目的地走，不知不觉，竟从街东，晃到西十字街。

　　她长胖了。我也是。我们对着看，有安然的满足。她跟我说起她上海的房子旁，就是一片荷花池。我告诉她，我也跑去公园拍荷了。

　　我们做过五六年的同事，很多的喜好，有着惊人的一致。虽然她不写作，但不妨碍她懂我。

　　我们一起去吃大排档，看着灯光在对街闪闪烁烁，街上车来车往。偶有烟花飞上天，是哪家人家在办喜事了。

　　似水流年，——我想起这个词。花花也同时想到这个词。

　　与花花告别后，我一个人慢慢走回家，专拣长树长草的地方走。

　　蝉不那么咯吱吱叫了。虫子们的鸣声，也小而细碎起来，近似呢喃。风里捎来雨露的气息，有点沁凉。——秋天，到底来了。

　　想秋天真是一个大词。这个词能装下斑斓、华丽、丰收、辽阔、别离、寥落、清冷……有点像我们的人生，悲喜交加，一肩儿兜了。它是季节前行路上的一个驿站，季节在此打尖歇脚，慢慢洗去铅华，变得洁净清爽。冬天，就在前面等着了。

　　我在秋天安排的事情很多，要去看菊花，要去看红叶。过些天，银杏的叶子也该黄了。桂花也该开了，可以吃桂花糖藕。

　　夜晚的月亮爬上来不容易。它是从东边的海里面爬上来的吧？到夜里十一点多了，终于爬到小区十二层楼的楼顶上。湿漉漉的样子，好圆。天空中应该还有星星，被城市的灯光遮了，月亮显得有些孤单。

　　我站在窗口看了好一会儿。不知这一天空下，有没有人也在看。

凤仙花

二十八日

楼下的凤仙花开了一片了。

花种子不知是谁撒在那里的。他这一随意抛撒，就引来"小粉蝶"无数，红的，白的，黄的，紫的，闹纷纷。衬得我们这幢楼，很有些不一般了。每个进出楼道口的人，都要在那些"小粉蝶"跟前停一停，看一看，笑上一笑。

这乡下的小东西，居然跑到这里来，居然长得这么好，模样儿一点也没变，——有过乡下生活经历的人，都会这么想上一想，发自内心地欢喜一下。一些往事，也跟着来到眼前。

从前的乡下，哪家不长一大片凤仙花啊。这花是从哪里来的呢？没有人想过这问题。它就像屋后的老槐树，河边的垂柳，池塘边的芦苇，野地里的蒲公英，生来就派长在那儿。

大人们嫌它占地方，往往狠心挥动锄头，把它当杂草锄去。可是，不久后，它又会冒出来，不计前嫌的，且开且笑。它甚至会窜到茅屋顶上去，东一朵西一朵地开花。也会在一条沟渠边，遇见它的身影。或是，就在野地里，它跟着野花一起生长。

那时，每个女孩子都会染指甲，拿凤仙花染。伸出的十指上，像晃动着十粒小红果。女孩子们一起割猪草，在水渠边坐定了，少不得伸出手来，比比谁的指甲染得更红。她们把手伸到水里面，水里面就游着些红头小鱼了。

天上的云朵，地上的小孩

二十九日

天上的云朵，排着队儿，梳洗穿戴一新，像是要去走亲戚。

这是八月末的小城。我走在路上，随便一抬头，就能看到一天空的云朵，它们一个个白衫白裙穿着。洁净。洁净得如同白天鹅。我疑心有千万只白天鹅飞上了天，白羽毛纷纷扬扬。

我很想有对翅膀，也飞到它们中间去。

一个人在我前面走，影子拉得长长的。云偷偷吻了他的影子，他一点儿也没发觉，继续走着他的路。

路边的紫薇花里，也摇荡着云的影子。那些沸沸的紫薇花啊。天地美好得叫人不知怎么办才好了。

怎么办呢？唱歌吧。小孩子一路走一路唱，嘟嘟嘟，啦啦啦，浪浪浪浪，简单的自创的音节，每一个都如小鸟啄食般的。他的小手儿摇着，小脑袋晃着，两条短短的腿，欢快地向前奔着。他的小母亲在后面跟着，轻声笑着叫，哎呀小宝贝，你慢点儿慢点儿。小孩扭过头朝向妈妈，脸上飞着白云朵，他咯咯笑了，为妈妈追不上他而得意。一摆小脑袋，又一径往前奔去，嘴里嘟嘟嘟，啦啦啦，浪浪浪浪。这是他的歌。

天上有云朵在飘，地上有小孩在跑，路边有繁花在开，空中有鸟雀在飞。岁月安详，流光如银。

一清扫街道的环卫工人，在路边清扫。她扫几下，停下来，抬头望天，脸上荡着笑。她一定也是被天上的云惊着了，怀揣一份秘密似的，独个儿乐着。一树的紫薇花，在她头顶上方，欢呼雀跃开着。

　　唔，我也想唱歌了。

生命继续着
生命的旅程

三十日

　　收到多年前的学生给我寄来的明信片。明信片是从云南寄来的，学生在那儿旅游时，走进一家慢时光店，店内卖的全是些怀旧的东西。学生说，想到我了。

　　学生在上面写的一句话是：亲爱的老师，好想念你的巧克力哦。

　　对着这张明信片，笑，笑得眼睛湿湿的。站讲台那会儿，我的每届学生，我几乎都曾用巧克力"收买"过他们。考试前的总动员，我在讲台前俯下身子，笑眯眯看着他们，开始这样的对话：

　　有信心考好么？

　　——有信心！

　　行，考得好老师有奖励。

　　——奖励什么？

　　一人两块巧克力。

　　底下一片哄笑……

　　读书。读到一段非常不错的描写：

　　村庄是很小的，抬一抬腿就到头了，村庄就是巴掌大的一个地方。只是那巴掌一握就会把好多游子，把好多时光，把好多的梦，把多少年庄稼的长势握在手里。

　　好个巴掌一握。

摊开手掌，我们的手上，又溜走多少时光，多少物事人事？

花开花谢，生命继续着生命的旅程。

晚宴。遇到一个有趣的男人，他不停地敬我的酒，说读过我多少文章，如何如何。

渔民家的孩子，从小家贫，住四面透风的房，受尽别人的冷眼。

我哪想到有朝一日，我也能够进城，还在城里买了房。你知道吗？我买房一分钱的债也没欠。你说，我还有什么不满足的？他的脸上，腾跃着快乐的波光。

人啊，烦恼一天是过一天，快乐一天也是过一天，我选择快乐过。我老婆没工作，我让她不要愁，只要她照顾好家里两个男人，一个我，一个儿子，就好了。一家人在一起，不挨饿，不挨冻，这样的日子派有多舒坦，还要怎的？

我每天不管多忙，回家都不忘做一件事，就是拥抱和亲一下我的儿子。这样相聚的时光不容易啊，要珍惜。

我对我儿子的要求不高，只要他努力了，他哪怕以后踏三轮车，我也接受。

……

男人整个一话痨子，却不惹我烦，我从头到尾听下来。只因啊，他的人生，有光，有暖，有珍惜。

草香

三十一日

八月的最后一天，天空依然晴和。王羲之有"天朗气清，惠风和畅"之描绘，他写的是千年前的暮春，我以为用在这样的天也很合宜。

秋却是秋了。我看见栾树的果，已染上红晕。不多久，又将是通红的一撮撮，如悬着无数的红灯笼。

一些地方也在紧锣密鼓地准备着开迎红叶盛景。我们也计划着，要去哪里看看。

读汪曾祺的游记。老爷子写游记完全不按套路来，有啥说啥。他不关心山之雄伟，江之宽广，也不关心三皇五帝，王侯将相。秦始皇的丰功伟绩与我何干？——这是老爷子的原话。他又自称是写小桥流水的。有意思。

有些美，是我觉得你美了，你便是美的，无关历史，无关风月和其他。

秋天里，总能逢到修剪草坪的。剪草机呜呜呜开过去，草的"长头发"，一堆堆被割下，空气中弥漫着草香，是种混合着成熟谷物之香的香。浓浓的，厚厚的，取了它，搅拌搅拌，似乎就可烙葱花饼吃。

好闻，真好闻。我每遇见，总贪恋地待上一待，猛吸鼻子，真好闻啊！

今日恰逢遇见。我站在那块修剪好了的草坪跟前，看它如新剪了头发的小孩，变得又整洁又光亮。那堆积在地上的草的"头发"，可真香哪，如果用它做个枕头，一定很好。我正这么想着，修剪草坪的人过来，他冲我笑一笑，我还他一个笑。

我们的笑，软软的，也散发着草香。

每天都有好事情在发生，也有不好的。
有人欢喜，有人疼痛，我唯愿欢喜多一些。

九月
September

水 墨 泼 染 的
大 好 河 山

感谢我栖居的小城，有这么多的花草树木，鸟和虫子们都是自由的，月亮也能按时出来。

葬礼

一日

　　参加一个葬礼。一个文友的。他独居一隅，尸体躺在屋内好几天，才被人发现。享年62岁。

　　虽在一个城内，一年内，我们也顶多碰上一两次。算不得过分熟识，然印象深刻。他个子不高，憨憨的，见人一脸笑。从前当过兵，喜欢写些军营里的故事。他放在博上，有人去读，他就高兴得不得了。能在地方小报上发上一两篇，他也高兴得不得了。自费出过两本书，谁问他讨，他必亲自恭恭敬敬送去，骑着他那辆破自行车。他生活简朴，有限的资金，大多用来买书了。我的书，他悉数买了收藏。别的文友出的书，他也买了收藏。

　　据说多年前离婚，一直单身着。独自带大儿子，儿子却不大学好，犯了事，正被关押着。

　　我们有过不多的对话，我称他"徐老"，他叫我"梅子老师"。你又出什么书了？我去买。遇见我，他必这么问。

　　突然觉得人生的虚无。

　　营营一生，似乎一点儿意思也没有，终归成一缕烟散去。苏东坡叹："浮名浮利，虚苦劳神。叹隙中驹，石中火，梦中身。"想他生出这般感慨，怕也是突然觉得人生虚无了吧。

　　遇到不少熟悉的人，相互点点头。大家谈着死者的种种，昨日还鲜活着的人，今日已无声无息。一小孩在人缝里钻来钻去，他在玩捉迷藏，快乐得很，咯咯的笑声，在寂静的大厅里，很是突兀。大家都看着那小孩，笑，悲伤气氛淡化了。逝去与新生，如此自然而然。如叶落与叶生。

从葬礼上归来，一路上的紫薇盛开浩荡，红红粉粉一个繁华世界。

到家，有电视台读书栏目推荐我的书，让我给读者写几句话，我写下了这样的一段：

我们都是渴望光和暖的孩子。少些争执，多些宽容和谅解，人生真的经不起浪费和辜负，一下子，夏已成秋。愿每个生命都能活出应有的快乐和尊严。

凌霄花

二日

腿伤基本痊愈，也就恢复了每晚的外出锻炼。

我喜欢沿着绿树环抱的甬道走，一边走一边看路边的树和花。偶尔还看到一两朵石榴花在开，我痴痴看一会儿，很高兴。

凌霄花是这个季节的主打花。它其实是从夏天走过来的花，六七月就开始开了，一直开到现在，还将开下去。一座小桥旁，牵着一丛，栏杆上爬满花朵。桥墩上也趴着。有的花朵还越过桥栏杆，往水里面探过身去。它们跟水里的鱼儿，有个约会。

本是登高望远的花，现在低到尘埃了。倒也没见着它有什么不适应，一样的花开勇猛，所向披靡。它们从不单枝独放，而是几朵相拥，有抱团取暖的意思。我走过，蹲下去看看它们，跟它们打招呼，嗨，小伙子。

唔，凌霄花可不是娇滴滴的小姑娘，它们是吹着唢呐的小伙子，红绸腰带系着，红绸巾扎着头，双手握着唢呐，对着天，对着地，兴高采烈吹着。真是剽悍得很哪。

从前的文人，对凌霄花都寄予极高赞誉，唐代欧阳炯曾赋诗云："凌霄多半绕棕榈，深染栀黄色不如。满对微风吹细叶，一条龙甲入清虚。"把凌霄花比喻成龙马所衔之甲，气宇非凡，威武十足。宋人杨绘也对它赞赏有加："直绕枝干凌霄去，犹有根源与地平。不道花依他树发，强攀红日斗修明。"敢跟太阳一决高下的，怕只有此花了。清人李笠翁则丝毫不掩饰自己的偏爱："藤花之可敬者，莫若凌霄，望之如天际真人，卒急不能招致。"不知他若看到而今桥头趴着的这两丛，会做何感想。

　　花本没有高下之分，全是人的情感在左右啊。

我妈的庄稼

三月

老家。我妈。水稻田。

我站在水稻田边，看地里的水稻，绿汪汪的一大片。稻穗子已秀出来，一枝枝，淡绿的碎花儿，薄粉轻敷。我知道，那里面包裹着洁白的米粒，包裹着日月精华，还有我妈的汗水。

我妈站我身后，她的眼光抚过那些稻穗，她说，今年我家的水稻，没人家的长得好呢。语气是遗憾的，失落的，还有些许的不甘。

我妈已是 75 岁的老太太了，瘦得像一只老羊。她还在操心着这个。她一辈子都在操心着这个，操心着她的庄稼。

可是，我看着挺好的。我说。

就是没人家的好。没人家的饱。我妈嗷着嘴说。她说的是没人家的颗粒饱满，我却怎么看，也看不出分别来。

这得佩服一下她老人家，对庄稼，比对她的孩子还要熟悉。我妈一直怀着颗好胜心，她种的庄稼，就要是最好的庄稼。

我说，我看着挺好，反正我没本事种出这样的水稻来，我等着吃你种的新米呢。

我妈立马开心起来，她眉开眼笑地说，有，有，你吃的新米，多着呢。

屋门前，我种下的波斯菊，开着碗口那么大的花。我妈把它们喂养得肥肥胖胖的。

我说，妈，你看，你把花也喂得这么好，没有哪个人能喂出这么好的花。

我妈乐了。

给我妈塞了点零花钱。我说别舍不得用，用掉后，我还会给的。我妈忸怩了一番，很害羞地接过去，抿着嘴儿偷笑。我很开心，能让我妈像小姑娘一样害羞。

每天都有好事情在发生

四日

搬出彩铅来，准备画一片树叶子。

外面的天空暗暗的，憋了一天了，不知受了什么委屈，似乎要哭，却愣是不曾有"眼泪"下来。其实我们都是盼雨的，一个夏天都没怎么下雨，乡下的庄稼，都渴得很。稻穗儿和黄豆荚都不饱满，瘪籽多。难怪我妈要说，不饱。

秋却没有丝毫犹豫的，阔步而来。栾树的果子红了一半儿了。地上的落叶，也多起来，上面都描着秋的影子。

我画落叶。本是挑褐色的来着色，但最后，我挑了鲜绿的。我画落叶青春时的模样。

有鞭炮的声音响起来。今天是个什么好日子呢？那放鞭炮的人家，又逢着什么好事情？我呆呆想一回。

每天都有好事情在发生，也有不好的。有人欢喜，有人疼痛。我唯愿欢喜多一些。

儿子回来住两天。陪他谈天说地。又拖他一起外出散步。

现在的孩子，懒得动弹，这是相当不好的现象。又面对大自然之好景色，无动于衷，这令我心焦。我见缝插针地普及一些花草知识给他，这是凌霄啊，《诗经》里叫"苕"。这是木槿哦，《诗经》里叫"舜"。

闷，却迟迟不下雨。奇怪的天啊。

心情无来由地不好起来，为什么呢？怨这种天吧，气压太低了，憋得人喘不过气来。

做什么事都索然，索性不做，就看看书吧。并在一盆土里，埋下半只山芋，等着它长出一盆的芋叶来。

午睡时做了个梦。梦里我去往一条河边，河两边全是人家，那地方我好像认得，又陌生得很。一个人趴在河边摘菱，我只望见他的后背，穿件蓝衣裳。他对我很熟识般的，跟我点头，说，你来了啊。我答，是啊，我来了。

我看到满河的菱。我说了句很奇怪的话，我说，菱花怎么就开过了呢？

醒来，愣愣的。那是个什么地方，又是个什么人？我在可惜着一河的菱花。这真是个好奇怪的梦。

读到一首诗，喜欢得很，想与所有人分享。诗是葡萄牙诗人费尔南多·佩索阿的，《你不快乐的每一天都不是你的》：

你不快乐的每一天都不是你的:
你只是虚度了它。无论你怎么活
只要不快乐,你就没有生活过。
夕阳倒映在水塘,假如足以令你愉悦
那么爱情,美酒,或者欢笑
便也无足轻重。
幸福的人,是他从微小的事物中
汲取到快乐,每一天都不拒绝
自然的馈赠!
我把它抄下来。为着观照自身,时时提醒,要做个快乐的人。

闭户寂
无人

六日

　　下了一点雨，干渴的心，终于得到滋润了。

　　高兴的还有植物们，它们才是久旱盼甘霖呢。乡下的水稻，皱起的眉头，也该松开了。我几乎看到我妈脸上的笑意了，老太太这会儿，是不是围着她的水稻田在转悠呢。

　　趴地上，把书房的地板擦得一尘不染。我喜欢书房是洁净的。这样，我读的书也洁净，写下的字也洁净。直起腰来时，腿疼得不行。嗨，到底人老了，骨头都疏松了。

　　很顺利地完成了今日的写作任务，提早出门去，在天光还很敞亮的时候。

　　草坪上的草，在一夜间黄了。栾树的果实，快马加鞭地染着红。紫薇的花已显出凌乱，心慌意乱的模样。它慌什么？凋落是逃不开的命运。又何尝不是一种使命？曼珠沙华倒是开得好，像煮熟的小龙虾，蜷着，艳得很。

　　我去看木槿。有一大丛开着满满的花，花淡紫，多瓣，像用绢纸叠的。这种花朝开暮落，常给人光华只一瞬之感。然又是层出不穷前赴后继的，昨儿看着一树的花，今儿去看，还是一树的花，似未曾少去一朵。故它又名"无穷花"。这才真是有手段的，能把一瞬和无穷，衔接得如此天衣无缝。

木芙蓉的花也开得好，花腮红粉，像抹了胭脂。

写木芙蓉的诗词不少，数王维写的顶有人生况味：

木末芙蓉花，山中发红萼。

闲户寂无人，纷纷开且落。

山中幽深，花与人家俱寂静。

我只写着
自己的文字

七日

签一个合同。编辑要求我改一下书名，说找卖点啊。又要我删改里面的一些内容，说找卖点啊。我想了想，回绝了。我一个字也不愿意改动，一动，整体格局就全乱套了，就面目非我了。

我只写着自己的文字，不为讨好任何人。

想引用博尔赫斯的话激励一下自己：

我写作，不是为了名声，也不是为了特定的读者，我写作是为了光阴流逝使我心安。

时时被一些感动撞了心。

一远在四川的老读者，给我来邮。他追着看一家报纸副刊上我的文章，追了十多年了。后来那家报纸停办了，他不知到哪里去读我的文章，于是找到我的邮箱，给我来邮。我告诉他，我现在基本不投稿了。他一听急了，以为我搁笔不写了，故很快给我写来第二封邮件：

小妹妹，非常地感谢您给我及时回电子邮件。我感觉在可能的情况下，您要多写文章，哪怕是写点随笔。现在，您已经有了这么丰富的生活积累，有了如此扎实的写作基础，就应该多写。一般人没有注意的生活细节，您却注意了，一般人写不出的千古之事——文章，您已写出来了，这就是您"白里透红、与众不同"的方面，这就是您个人存在的社会价值。我建议您继续拿起自己心中的笔，写出自己对生活真实的感受，写出自己精彩的人生。

他一声"小妹妹"，真正是要把我的泪叫下来。

是的，我写。我会一直一直把文字写下去。

八日

有一种花叫"再力花"，名字听着挺古怪的。

花却不古怪，还挺美。水边长着，叶子跟美人蕉的相类似，花是蓝紫色的，穗状的。

佛山多此花。我在一公园的池塘边见着，不识。询问旁边一扫地的老者，老者摇头说，不知。后在南京石塘人家那儿也见过，水边植有多株，细长的花茎顶端，擎着一枝枝蓝色的"麦穗"，还是不识。这几乎成我的一桩心事了。

今日，在小城的河边突然遇见，我采下一枝来，特地走上一段路，跑去问生物老师张。终于得知，它叫"再力花"，又名水莲蕉、水竹芋。这两个名字文气了很多，然细细咂摸，觉得还是"再力"好，再力再力，是在喊着口号，自己给自己加油的。

它是移民，老家在美国和墨西哥。它的花，确实颇能开，永远鲜艳如初的样子。

捡到一个美好的句子："深秋中的你，填满了我的思念，就像，落叶来敲我的窗。"

落叶来敲我的窗。好生动。

我住在七楼，落叶敲不到我的窗。我倒疑心有白云朵来访过，偏偏当时我不在家。

月色朦胧。

月光下，一些树木，站成淑女，身影影影绰绰。有棵树上，一片叶子特别闪亮，我以为有什么东西掉在上面。走过去看，发现它小心地盛着月光。像掬着一颗亮晶晶的心。

秋虫在一棵栾树上叫。这几天，它似乎一直待在那棵树上叫，叫得挺大声的。别的声息都没有，只它，在叫啊叫。叫什么呢？是看到月光，挺开心么？我仰头望，想爬到树上去，和它一起叫。

桂花在不远处开。我又想变成一朵桂花，也跃上枝头去开。

遇到一刮落的树枝，躺在路中央，我弯腰捡起它，把它请进路边的草丛里。在那儿，它会化为泥土。它不会再挡了谁的路，绊了谁的脚。我忽然想，我弯腰的姿势，一定很美。

今日白露。我在心里面念了几声，白露，白露。像念一个好女子的名字。这个女子，皮肤白皙，冷而高挑。

好情怀

九日

读到郑板桥的好情怀，录之：

汲来江水烹新茶，买尽青山当画屏。

江水烹新茶倒不奇，买尽青山，可真是气魄得不行了。

也喜欢"雨中山果落，灯下草虫鸣"这样的闲适、宁静和干净悠远。多好啊，一场秋雨悄然而至，于慢吟浅唱中，山中野果，轻轻掉落。归家掌灯，一屋的温暖氤氲，屋外的草丛里，虫子的鸣叫，缠绵如梦呓。夜晚的静，更往静里头去了。在古人来说遍地相遇的美好，在现代人，已成向往和奢侈。

我想到少时的往事，每每大雨过后，空气清冽，池塘的水小河里的水，会漫至岸上，漫至沟渠中，鱼虾随之漫出。乡人们卷起裤腿，随便去地里走走，泥沟里都能捉得鱼几条，虾无数。还有螃蟹，在地里乱爬着。也没人吃它，我们捉了来，当玩具，用绳子牵着走。那时，我们是与鱼虾与鸟雀与草木共一个家的。

我说这样的事给那人听，他当是天方夜谭。果真有这样的事？他表示怀疑。他没在农村待过，他出生在海边一个小镇上。

替他遗憾。我遇到那么多好玩的事，认识那么多好玩的草，好玩的虫子，他都没有遇到过。

枫泾

十日

奔枫泾来，完全是场意外。

本是到昆山花桥去看房的。因时间宽裕，搜索周边景点，枫泾跳了出来。

名字不错，枫泾。应该是枫树绕泾。况又是古镇。我对古镇向来缺乏抵抗力，我喜欢寻些古房子古街道看看。

在宾馆里安顿下行李。问前台服务员，你们枫泾有什么好玩的？那个小姑娘眨巴着一双天真的大眼睛，想半天，告诉我们说，也没什么好玩的，就那条河吧，就那条走廊吧，去看看红灯笼吧。

唔，熟悉的地方没有风景。我和那人对望着笑一下，出门，我们自己看去。

江南的古镇，是离不开水的，枫泾也是。一条河，该叫"枫泾河"的，把古镇的骨架子给撑了起来。南北贯穿，又各有支流分割而去。房子、长廊，都是倚河而建，有台阶下到河里。屋顶上，黛瓦如鱼鳞般有序排列。

枫泾河看上去并不宽阔，貌相寻常。然在历史上，它的地位可不一般，它曾是吴、越两个小国的分界线，南越、北吴。长廊在吴这边一路委蛇，每隔四五十米，就有桥横于河上，"越人"来吴，"吴人"去越，都得从桥上过。我从桥这边，一步跨到桥那边。又从桥那边，再跨到桥这边来，

　　我做着吴人，也做着越人。我在想它的从前。从前的人们，也是这般其乐融融么？人类总是很搞笑，你争我抢，抢什么江山。岂知江山根本不属于任何一个人，江山属于江山自个儿的。

　　晚上，在河边坐定，叫上三五个家常菜。炒玉米仁来一盘，烧鳊鱼来一条，再来点蒸南瓜和炒螺蛳吧。一河两岸的红灯笼，高低错落在河里。风轻轻吹着，耳边有吴侬软语啁哳着。恍惚间，我是走进吴越的故事中了，成了很有古意的一个人。

到江南逢上雨，有点像逢着艳遇。

烟雨的江南，有着柔媚。何况是在枫泾这样的古镇。

不像别处，只作"盆景"移植，曾经的古，都被破坏殆尽。枫泾不是，它的现代与传统相融在一起。昔日的老房子里，生活还按照从前的样子，剥莲蓬，做芡实糕。裹粽子的阿婆，一个大桶搁在脚边，粽叶在她手上纷飞缠绕。

枫泾三桥那儿，是值得缓缓看的。水在那里打着转，拐角过去，往东甩一甩袖子，往西扭一扭腰肢，就圈出一个大水湾。湾畔房屋树木，尽数倒映水中，跟长在水中似的。雨烟轻拉在层檐下，桥边的合欢，还在开着柔粉的花。

无多少游人，无嘈杂喧闹，当地居民过着自己的日常。一年轻女子抱着牙牙学语的孩子，坐在屋门前，一遍一遍教那孩子说话，宝宝快叫呀，叫妈妈呀，妈妈，妈妈。走遍天下，语言再多千差万别，然这一声"妈"，却几无分别。天下的妈妈呀。

小植物们都用石头缸养着，铜钱草或是太阳花，随处可见，衬着木格窗，衬着石板路，好看得很。

扁豆花开在细瓦上。丝瓜花从屋顶上披挂下来，垂向水面，俏皮得很，似逗水玩。我认为它们跟鱼有个约定。人家的木门木窗，半遮半掩，不闻人声，却自有种清新甜蜜的气息，穿窗穿门而出。有小白猫端坐在扁豆花下，气定神闲地看着面前的小河、石桥，还有路过的我们。一切皆是宁静清明的，是烟雨江南的模样。

有曲子名《烟雨江南》，我常听。里面混合了笛、古筝、琴、二胡等多种中国古典乐器，温婉到每一个音节里，都滴着小雨点。若拿到这里来做背景音乐，当叫人再不思归去了。

水墨泼染的大好河山

十二日

去医院看望刚做了小母亲的蓓蓓。双胞胎女儿，剖腹产的。做剖腹产手术时，可能麻醉没到位，她是在无比清醒中，听着刀子嚓嚓作响地切开她的肚子。疼，疼得如同下到地狱。

我去看她。她躺在床上，疼得连睁眼的力气也没有。两个小公主，在一旁酣睡。

另一张床上，躺着一位待产的孕妇，正非常吃力地要起身。她的肚子大得像面鼓。她说，真难受啊。

我湿了眼睛。每一个孕妇，都是英雄。

天下的男人，都得好好疼女人才是。是女人给了他们生命，并且，将他们的生命延续下来。

晚上有月可赏的时候，我绝不会错过。

月亮在地上作画，画素描。素描宜慢慢品，它不带色彩，空间广阔。把它比作白开水也好。白开水是最地道的水，素描也就是最地道的画。

有韵味吗？当然。我刚好走过一条林荫道，好了，脚步再也迈不了了，月亮的画作，铺满一条路。它画的枝叶，比长在树上的，要凝重得多。风来凑热闹。风晃一晃，那些"画作"就跟着晃一晃，树叶簌簌作响，水墨泼染的大好河山。

　　直到看累了，起身，再继续往前走。一边听越剧。越剧这些天也只重复听一首，王文娟的《葬花》。她的嗓音厚而绵，一开口，就含了悲。黛玉葬花是悲的，她唱最好。王君安也唱过这首，但嗓音轻了些甜了些。

　　夜宁静着，路上行人稀落得很了。我在路边的长椅上坐下，看看月亮，听听虫叫，身轻如羽。感谢我栖居的小城，有这么多的花草树木，鸟和虫子们都是自由的，月亮也能按时出来。

独自散步的牧羊犬

十三日

秋凉。在早晨尤甚。

站阳台上，风吹着裸露的胳膊，已带着寒意。空气中有股清冽的味道，那里面该有露。过些时日，该添霜了。还应添上桂花香、菊花香。秋天真是叫人爱的，初秋、仲秋、深秋、晚秋，又各各不同。视觉上仲秋最棒，色彩斑斓，奢华又铺张。

又见栾树开花了，很意外。这个时候，它们该结果才对，且有不少的栾树，已扛着胜利的果实了，红彤彤一片，如撑起无数的红灯笼。我仔细察看，开花的树的确是栾树，枝头托举着一捧捧金黄嫩粉，像一群着黄衣裙的女孩子，在那儿登高望远，金光闪闪。

太耀眼了！耀眼得我得查根问底一下。这一查，恶补了一个知识，栾树原也是个大家族，有品种好些个的。我最初见到的，是全缘叶栾树，也叫"黄山栾树"。而这会儿正开花的栾树，是秋花栾树。

合欢也还开着柔粉的花，如敷着淡淡的胭脂。合欢真是能开的，从六月，一直开到现在。如果不是深爱，如何能做到如此执着，恋恋不舍？

人是最有福的，免费享用着这一切。人要变得更美好才相配啊！

晚上的月亮很迷人，像朵白荷，开在天上。

我一边慢跑，一边抬头望它。它在树梢上头。虫子的叫声，隐在树梢里。柔声细语，似说着情话。

　　这样的时光，让我感激万分。

　　那只牧羊犬又出现了。这几天，它都是在这个时辰出现。它从路对面过来，也不看我，走过我身旁，沿着绿化带，一路往前。步子不紧不慢，像个老者散步一般。不时地，它低头嗅嗅路边的花草。也不时地，停下来，抬头看看天，发一会儿呆。似乎被天上的月亮给镇住了。似乎不能理解，这个夜晚，怎么会这么美。

因为
热爱

十四日

　　下午五点钟出门，步行。路线是早就拟好了的，要过三座桥，穿过四个闹市区，然后到达湖边公园。

　　不急，缓缓走。有人的地方我且看人，红男绿女，各各生动。三轮车夫们暂没生意，聚在桥头打牌。桥墩做桌子又做凳子，他们玩得挺开心。卖碟片的，摊子摆在桥头，一中年男人守在那里。现在谁买碟片呢？替他愁。他脸上却没有愁，头摇摇晃晃的，跟着一首歌在哼唱。对面，一辆自行车上，担着水果筐。卖水果的嗓门儿高，唱歌般地在叫，新鲜的葡萄，不甜不要钱唻！

　　我在桥上停下来，望望水。岸边有花，再力花和美人蕉。与水很配。若再配上木芙蓉，会更好看。几朵凌霄花，缠在桥栏上。有花开着，总叫人高兴。

　　人少的地方，我看树木。路边的树木到了最好看的时候。尤其是栾树，一边开花，一边结果。细碎的黄花，一撮一撮的，黄灿灿，高踞在树上，光彩照人。

　　我还遇见了葱兰、月季、金钱菊和波斯菊。天空中有两片云，探下身子，也在欢喜地看着。黄昏的影子，渐渐加深。我到达公园时，天边最后一抹红，消失了。月亮升起来，从一排树的后头。

　　很好，我到公园，就是等月亮的。这是十四的月亮，已很圆润饱满了。我静静看着它，它也静静看着我。我不想给它念诗。它适合寂静。

这个时候，我其实什么也没想，但内心却丰富得要命。想起怀特说的，生活的真谛老躲着我，想来也将永远躲着我。不过，我还是照样爱它。

因为热爱，所以热爱。

不慢待自己

十五日

　　今日中秋。说好的雨，这次没有爽约，它来了，从早上，到晚上，滴滴答答。

　　没有月亮可赏。我有些替月亮高兴，今年的中秋，它可以歇歇了。

　　雨把人困在家里，一家人一起说说体己话。两个老人也从老家给接来了，儿子也回来了。我和那人围绕着锅台转，热热火火的，烧鱼煮虾是少不了的，再用青椒炒藕丝，再炸些藕饼，再烧一道芋头羹。芋头羹用蒜花起锅，倍儿香。

　　应节的月饼，却过于精致了，口味不似从前的。有朋友兴冲冲来告诉我，有小作坊做的呢。小半天后，他果真提了小作坊做的月饼来，纸袋子装着，月饼味扑鼻，一下子把从前给拉回来了。从前的月饼，就是这个样子的，烤得金黄，外面撒着芝麻粒。馅是五仁的，或什锦的，层层起酥。用牛皮纸包着，牛皮纸上，都渗出油来。

　　我们一人吃了半只，都说好吃。我对做出这月饼的小作坊，充满感激。问了地址，改天我要去访。

　　举箸的时候，我想到我爸我妈。拨了电话回去，我爸接的。我爸先是一声"乖乖"，乖乖啊，他这么叫我。我们也买了鱼了，也买了肉了，好好过节。你放心，我和你妈不会慢待自己的。我爸说。

　　这是我最想听到的话。不慢待自己，是爱这个世界的最好方式。

一枕风雨到天明。

夜的寂静里，我辨析着那些雨声，哪些是敲在栾树上的，哪些是敲在广玉兰上的，哪些是敲在紫薇和紫荆上的，还有几棵桂花树和蜡梅树。各各的声响，有的含香，有的含翠，有的斑斓，有的内敛矜持。若是窗台上有枯荷一盆，雨滴上面，该是声声都是怀旧的吧。走过花开明媚的盛年，有的，不是惆怅，是感激。

欧阳修有"夜深风竹敲秋韵，万叶千声皆是恨"之诗句，细细一想，真是惊心，这该是多少的恨！真是景随情迁呢。我倒是很想听听雨敲风竹，万叶千声，该是何等激情澎湃热烈洋溢！

秋凉。这是今年入秋以来的第一次降温。

短衫嫌凉，得套件薄外套了。鸟们的叫声里，也有了凉意，但仍是清澈的、好听的。

秋雨继续。特别像一个人在诉说心事，点点滴滴，说着爱呀爱呀，愁呀愁呀。

枫树栾树都被染红了。哪堪疏雨染秋林。这才真叫人受不了呢，爱太满了！

楼道口的几丛凤仙花，还在开着红的粉的花。雨抚过它们，像抚过我的童年。我想一会儿童年，雨落在茅草屋顶上，沙沙沙，像有无数只小猫走过。

　　凤仙花不知是谁在楼道口撒下的。我每走过那里，都要在心里对那个人致敬一回。

　　美是不会被遗忘的。

秋日私语

十七日

　　风雨过后的天空，特别美，天蓝云白得不像话了。我见到一堆云，像小兽一样的，趴在后面人家的楼顶上，像人家豢养的。

　　"碧云天，黄叶地，秋色连波，波上寒烟翠"，在秋日的天空下走着，很自然地想起这首词。

　　秋天的壮阔，是壮阔在秋色上的。

　　植物们染着秋色，或黄，或红，或褐，或褚；流水染着秋色，或青或碧，泛着乌色，又往幽深里去；虫子们染着秋色，叫声切切，倘一碰落，就是一堆的露珠吧。一只红蜻蜓，飞过一棵天心菊去，翅膀上驮着秋色。茅花快白了头了。狗尾巴草的"尾巴"上，镶了"金粒子"，金黄金黄的。路边的几棵葵花，脑袋低垂。它们实在撑不住那果实的沉甸甸。

　　叶子在轻轻掉落。栾树的叶。梅树的叶。杉树的叶。梧桐的叶。无风的时候，它们也在掉落。有的发出响声，"啪嗒"一声，吓了地上的蚂蚁一跳。它们正忙着搬家。有的没有声响，悄然的。

　　掉落，是这个季节里，叶子们的使命。

　　我在纸上写下这样一句话：

　　愿这秋日枝头的每片叶子，都能找到归宿。

　　我在这句话里，独自祷告了许久。谁家的钢琴声在吟唱《秋日私语》。

真是应景。风停雨歇，太阳照耀着大地，大地有琥珀之光。

喜欢这样的秋日，干净，澄明，又是华丽丽的。

一个读者在我写的一篇秋天的文章后留言，她说秋就像一只熟透了的大红石榴。觉得这个比喻好，有香气，还带着喜气。秋天是惹人馋的。

灯是夜的灵魂

十八日

顶喜欢夜色将降未降的这段时光。夜的影子，开始在一些枝叶上描着，在一些花草上描着。我走过一大丛木芙蓉旁，我清楚地听见它们说，哦，夜来了，该睡了。它们的花瓣儿，微微合起来，把小小的心安放在里面，——它们是真的准备睡了。

路上的行人，脚步匆匆起来，都是奔着家去的。这个时候，每一个窗口，都将亮起一盏橘黄的灯。灯是夜的灵魂。

鸟儿们归巢了。它们在窝里兴奋地说着白天遇见的事物。一排梧桐树上，不知栖息了多少只鸟儿，它们欢快的喳喳声，汇聚起来，竟如敲着锣鼓，哗哗哗，哗哗哗，有排山倒海的气势。

天上的云，描上黛青色的影子，如一座座青青山峰。风把最后一丝光吹走，夜，彻底降临，沁凉、纯粹、安静。

月亮是在晚上七点多升起来的。这时候，我在体育场的跑道上跑步。跑道东边有几排树木，森森的。树木后边是一条很宽阔的河流，河流的后面是人家，人家的后面是村庄和田野了。月亮一定是从田野里长出来的。它浑圆饱满得太像秋天的果实了，是石榴吧，或是只大南瓜。

我看着它爬上人家的房顶，爬到树木的上头，又攀到半空中，在半空中玩走钢丝。它的体格不错，攀高走远都不在话下。

我跑去河边。我如愿又看见了河里的一个月亮。我待在河边很久，直到露打湿了衣襟，才回家。

秋之
天天

十九日

　　今天一直埋首在写作中，但还是抽空看了看天，看了看楼下的树木。风吹得天上一丝云也没有了，就那么湛蓝湛蓝的，像用吸尘器吸过了似的。如果视力足够好的话，应该看到地上的房屋、树木，还有行人、鸟雀，都倒映在天上。

　　树木们悄悄地换上盛装。我老觉得这个时节的树们，在商量着一件重大的事。一定有重大的事件要发生了。桃之夭夭，灼灼其华，这是春天的盛举，然我觉得秋天，更是夭夭的，灼灼其华的，哪一片叶子，都不逊于桃花。

　　一场婚礼就要开始了吧？是树叶嫁给树叶，花朵嫁给花朵，果实嫁给果实。

　　我跟着兴奋地等。我也只需要等着。

　　读苏东坡。在北宋南宋词风转变过程中，他是个至关重要的人物，他婉约来得，豪迈来得，收放自如。我推他，古今诗词第一人。

　　读他为琴曲《醉翁操》所填的一首词，吟诵再三，不能自已：

　　琅然。清圜。谁弹。响空山。无言。惟翁醉中知其天。月明风露娟娟。人未眠。荷蒉过山前。曰有心也哉此贤。

　　醉翁啸咏，声和流泉。醉翁去后，空有朝吟夜怨。山有时而童颠，水有时而回川。思翁无岁年，翁今为飞仙。此意在人间，试听徽外三两弦。

　　空山幽远，清音高绝，天上人间。只可惜此曲谱已流失，要不然，不定是怎样的珠联璧合曼妙无穷呢。

拔牙记

二十日

　　嘴里的牙又闹革命了。每隔些日子，它们就要闹一回。每次它们一闹，我就要想一回我爸我妈，他们强大的遗传基因，在我身上无有遗漏地承袭过来。我从记事起，就常见到我爸我妈被牙痛折磨着。以疼痛的方式来想念，也算是报答的一种吧。

　　不得已，又跑去看牙医。那牙医对我已非常熟悉，一见我的影儿，就笑了，老师，你牙又疼了？

　　啊，哦。我不好意思答一声。

　　牙医很认真地检查了我的牙，说，你的牙已三度松动了，留不住了，得拔掉。

　　一二三四五六，一排儿，六颗，竟都要拔去。人未老，牙先衰，这些不争气的家伙！

　　那么，拔吧。我一咬牙，一跺脚。嗯，暂还有两颗牙可咬。

　　麻醉注入，开拔，牙这会儿却死赖着不肯走。疼。忍着。牙医换一换手，再拔。还是疼。忍着。牙医再换一换手，再再拔。疼啊，没忍住。我带着我的牙，做了逃兵。后面牙医的声音追过来，老师，你记得要吃消炎药啊，不疼了再来拔。

　　唔……我捂着嘴，我是再不来拔了的，我要等它们自己不愿意待了，自行离开。就像瓜熟蒂落。我已做好准备，它们闹就由它们闹着吧，我也借此体味疼痛，想念一下我爸我妈。又世上病痛千万种，我这不过是最轻的一种，我该感到庆幸才是。

学会
删减

二十一日

梦见祖母。

她活生生站我跟前，却不回避她已死了的事实，她说，她是从那边过来的。让我给她准备条裤子带走，还让我给她一些钱。

我疑惑，我们的钱你可以用吗？

祖母说，到那边只算一半的，一块钱当五角钱用。

她坐到我家地板上，手里捧着一叠什么，笑眯眯告诉我，在那边没事做就玩玩纸牌，四个人玩，全是村里里过去的熟人。

阴阳之间，有条通道吗？我不迷信，然我却相信，人的肉体会消亡，而精神却能穿越时空，常来相会。因着有怀念，才不会遗忘。

收拾衣橱，里面塞太多衣物，乱得不成样子了。

收拾时，自己都奇怪着，我什么时候像鸟儿衔草似的，衔了这么多回来？平时穿的，也就那么三两件，轮番着穿，穿旧了也还是爱穿。

可为什么要囤积这么多呢？它们多像身处深宫的宫女，头发熬白了也见不到君王面，——不是君王太无情，而是女人太多，他顾不过来了。这个比喻让我不安，——它照见了我的贪心。

我把多余的衣，一一清洗，打算全部捐送出去。

学会删减，是人生的必修课之一。

　　窗外雨，天微寒。

　　牙继续疼，嘴肿着。那人特地去买了蛋糕回来，他说，蛋糕软和，你总能吃一口的吧。因牙疼，我一天粒米未进了。

　　为了安慰他，我忍着痛，吃了一点点蛋糕。

　　新拍了几本书，《红楼梦》和《聊斋志异》。手头的翻卷边儿了，想换了新的版本再翻。

它是花里的穆桂英

二十二日

早起，雨已止，天光清澈。

博古架上的半块红薯，茎叶又窜长了一截儿，且又有新的茎叶冒出来。沐在清澈的天光里看，它的造型实在匠心，像一只引颈远眺的绿色的鹤。

文竹也开了花。挺意外。我断断续续养文竹也有一二十年了，还是第一次发现，文竹也开花的。花与它的茎叶极配，也是纤细的，淡绿浅白的花朵，跟芝麻粒差不多大小，不凑近了细看，还真不大看得出，会误以为那是长出的新叶。

拿相机给它拍照，放大了看，我的天，它实在，称得上是个美人。姿容清新脱俗，跟兰花有得一拼。

一枝上有四朵，一枝上有六朵，够我赏些时日了。

桂花香得很剽悍。

只要出门，就能闻见。庭院里，河边，树丛中，它势力庞大，无处不在。

不出门也能闻见。它跑在风的前头，穿门入户，喧宾夺主，不拿自己当外人。

我们也不拿它当外人，任由着它屋内屋外乱窜。

　　能说什么呢！这天，是它的天。这地，是它的地。它霸道得独一无二，却不遭人嫌，闻见它的香，人都要喜出望外一声，啊呀，桂花开了呀。

　　当然。

　　它全副武装披挂上阵，所经之处，无一不对它臣服。

　　它是花里的穆桂英。

比如花草

二十三日

又是一路缓缓走。

绊住我脚步的事情太多，比如花草。比如天空中的云彩。我总是很难准时到达预约之地。有什么办法呢！

栾树一边开花一边结果。风没有吹，它细黄的花瓣也且开且落。站在一棵树下仰头看，一棵开满花的树啊，树上面是秋天明净的天空。多像油画！

草地上的曼珠沙华，红得有些诡异。血红的，细长的花瓣卷曲着，像谁顶着一头的红卷发。它们是花里面的妖精。回回见，回回都要被它惊住。

木芙蓉是秋天的大美人。真正的美人。粉腮粉唇，回眸一笑百媚生。它没回眸，倒是惹得我频频回眸了。一大群"美人"，荡起粉红的裙摆。我几乎没办法从它们身边走开。

枫树红了，是从顶部的叶，率先红起来的。我站它旁边，看它的叶子怎样被染红。我觉得不可思议。明明几天前，我见着它还是一树青绿的。谁给它染上色的呢？是风吗？是雨吗？还是夜露？还是闲得发慌的鸟？

鸟只管唱歌。

一老者坐在枫树下的一条长凳上，他在听京剧。他微闭着眼，一边跟着哼，一边打着拍子。一树枫叶映着他的人。他许是见着枫叶红了，许是没见着。我走很远，回头，觉得那一人一树，是再搭配不过的美好景致。

小市井

二十四日

"睛若秋波"是曹雪芹形容贾宝玉的。若是换作"春波"又如何呢？春波太明艳了，秋波才恰当，有澄澈清明。

现在正是秋波荡漾的时候。

我去一岔路口。以前上班时，我天天从那儿经过。岔路口的一边有一小片杨树林子，杨树林子里，有个小市井。

那小市井是什么时候形成的呢？说不清。这有点像过去的集镇和城市的形成，本是道中歇歇脚的地方，因歇脚的人多了，就有了客栈酒楼，就有了商行布行了。

这里没有客栈酒楼。这里摆着许多小摊子，摊煎饼的、卖馒头的、做小烧饼的、卖凉皮的、卖豆腐干的、卖水果的，热腾腾得很。凡尘烟火都来相聚了。

修理自行车的摊子最热闹，旁边坐着好些人，他们也没什么事，就是聊聊天。那些踏三轮车的、收荒货的，或是路过的，都把这里当歇脚点了。大家都是老熟人，一见面就大声招呼，毫不见外地开开玩笑。

林子边上，摆着桌椅，有人对弈，围一圈人在看。

这是个聚人气的地方。因这人气旺盛，我颇喜欢来逛，闻闻这烟火气，觉得踏实。每次来也不空手回，买上点水果，买几块米糕。

今日我买两块钱豆腐干。一男人骑车来，摊主夫妇忙招呼道，今天你怎么来晚了？说时手上的豆腐干已放作料搅拌均匀，给他递过去。男人把两枚硬币搁进他们跟前的铅盒子里，站着就吃起来，一边回答他们的话，今天有事耽搁了会儿。

　　我抬头，天上有不错的云。我好想把它做成糖吃。嗯，最好带点炒栗子味的。

二十五日

我走在一个秋天的小园子里，园子里长有不少树木花草。紫色的小米花，像一只敛翅的紫蝴蝶。我蹲在那儿看，突然听到身后"啪"一声，很响的摔落声。惊异地回头，又是"啪"的一声。一枚熟透的银杏，掉落下来。

那棵生长了八百多年的老银杏树上，挂满了黄澄澄的小果子。

不远处，一棵很高的柿子树上，亦是缀满了果实，红彤彤的。柿子树长那么高我还是头回见。鸟儿们愉快地在树上穿梭，高兴了就啄上一口果子。这有点类似于天堂了，树按自己的样子生长，按自己的意愿开花、结果、成熟、凋落，鸟儿们可以自由飞翔。

果实人也吃，鸟也吃，不争不抢，更像天堂了。

去参观蝴蝶兰培育基地。看到一式一样的蝴蝶兰，白的，紫红的，满满地开着，整棚整棚的，在恒温操控下。它们看上去那么假，不像真的，像塑料粘的，没有鲜活气。

我虽震撼，却不喜。我还是爱野地里野生野长的那些花，命贱，风也受得，雨也受得，它们只按自己的意愿，开着属于自己的花朵。

相遇
鸭跖草

二十六日

相遇鸭跖草。

它在一石阶旁。秋日安详，它亦安详，小小的两瓣花，染着洁净的碧蓝，花蕊儿伸得长长的。像天真的小蝴蝶，正被什么吸引住了，敛声静气的，伸着脖颈，专注地看着，一脸的欢快惊喜。

我看见它，亦是惊喜了。蹲在它身边，待了很久。我是想和它一起开花，开成它的模样。

它的名，俗气得可爱，鸭跖鸭跖，该是一只刚出窝的小鸭子才是，那脚掌细细的，嫩嫩的，带着点浅黄色。它又有名曰"鸡舌草"。不是鸭，就是鸡的，人们当它是可爱的小动物了。

李时珍的《本草纲目》里，对它的记载，有段描述，特别详实有趣：

竹叶菜处处平地有之。三四月出苗，紫茎竹叶，嫩时可食。四五月开花，如蛾形，两叶如翅，碧色可爱。结角尖曲如鸟喙，实在角中，大如小豆。豆中有细子，灰黑而皱，状如蚕屎。巧匠采其花，取汁作画色及彩羊皮灯，青碧如黛也。

对，鸭跖草又叫"竹叶菜"，因它的茎叶特像竹子的茎叶而得名。花如飞蛾，碧色可爱，——我几乎看到这个自称"濒湖山人"的医学家唇边，荡起的一抹怜惜的笑，他蹲在那里，专注地看着这小小的花朵，看得心里有了温柔意。

我还对后面的"巧匠采其花，取汁作画色及彩羊皮灯，青碧如黛也"很感兴趣，不知用它作出的画，做出的皮灯，是怎样的可爱迷人呢。

玉盆纤手
弄清泉

二十七日

如果要我推词家，苏东坡当数第一位。他既有豪迈之气，又有婉约之态，一个男人兼阳刚与阴柔，那是最具杀伤力的。倘若他生于现代，不远万里，我也要追去，给他送上一壶好酒。

他随便一首词，都散发出尘屑活泼的光芒。我正读他的《阮郎归》，喜欢啊！

绿槐高柳咽新蝉，薰风初入弦。碧纱窗下水沉烟，棋声惊昼眠。微雨过，小荷翻，榴花开欲燃。玉盆纤手弄清泉，琼珠碎却圆。

对那弄清泉的玉手，无限遥想！何等美好，镶在那日常之中，仿佛你我的昨天。青春年少的心里，正一寸一寸生长着情思和愁思，也是说不清的。低头弄清泉，有闲趣，也有惆怅，不说。那四方飞溅的小水珠，很快聚拢。

喜欢宋词。常常只是一个片断描写，却似乎把人生都说尽了。拿到今天的写作上，完全可以借鉴。有时，真的不需要写得多深奥多深刻，只要这样的日常。这生活着的，鲜活着的，却动人心魄。

牵牛花的上午

二十八日

　　我是为了这些牵牛花，再次来到泰安的吗？我在这个秋日微凉的上午，伫立在泰山脚下，伫立在一朵一朵的牵牛花跟前，有遇见的欢喜。

　　这是一家干休所的外围墙。铁栅栏上，爬满绿植，牵牛花像些活泼的小姑娘，在那些绿植里蹿上跳下，穿着或紫或蓝或白的喇叭裙。它们是在玩捉迷藏么？小丫头们也是傻了，那么鲜艳的明媚，如何藏得了？我轻易地就看见它们，那昂扬着的小脸蛋，如鼓着腮在吹小喇叭。

　　天气算不得好，有点阴。可是，快乐是不打折扣的。它们有种"我的快乐我做主"的劲头，又，我开花我骄傲。

　　有过路的人，看一眼它们，或不看一眼，这都无妨。它们愿意充当好看的背景，让每一个路过的行人，看上去，都像走在画里面。

　　我在那里徜徉了许久。干休所里静悄悄的。路边走过的行人，静悄悄的。只有这些牵牛花，在嬉笑打闹着，如粼粼水波。每一粒水波里，都住着一颗欢脱的小太阳。

　　我把这个美好的上午，命名为：牵牛花的上午。

寻访
花草

二十九日

　　每到一地，我首先拜访的是花草。我以为，一个地方没有花，这个地方再繁华，它亦是荒凉的，苍白的，没有温度的。

　　在章丘的早晨，我吃过简单的早餐后，沿着酒店门前的路，往南走，去寻访花草。路边梧桐树的叶子，斑斓着。想起两天前在泰安讲座时，让孩子们现场描绘一下，他们校园里的梧桐树的树叶。一孩子说，像手掌。一孩子说，像蝴蝶。一孩子说，像扇子。一孩子说，像小舟。孩子们的想象力很神奇，他们的世界，就是一个诗意的王国。我特喜欢像小舟的这个比喻，秋天的每一片叶子，都是一叶小舟，它们扯起风帆，就要乘风远航了。

　　我走在"小舟"荡满的路上，遇见了木须花、木槿花、月季、剑兰、野蒿子、狗尾草、绣线菊、五角梅和打碗花。木槿的花很是小巧，躲在纤细的枝叶间。比南方的木槿要小很多，显得更秀气。是个害羞的小人儿，见着生人，把脸使命往母亲怀里埋。打碗花只有几小朵，攀在低矮的木栅栏上，我自娇媚我自笑。绣线菊和五角梅，是一大片的，红红黄黄，像一大片彩蝶落下来。几个老人穿一身红衣，在一大片的绣线菊跟前打太极拳，一招一式，都带着古意。

　　下午去讲座，在章丘实验中学。

　　讲完，累得不想动弹。

　　黄昏时，正站在一家叫"小葱拌豆腐"的小店门前望天，天空有大片的火烧云。突然听到一声惊叫，梅子老师，梅子老师！我循声望去，一孩子坐在大人电瓶车的后座上，正驶过小店门前，大约是放学路过。孩子看到我，激动得频频招手惊叫。大人停了车，那孩子奔过来，就给了我一个大大拥抱。

　　梅子老师，我好喜欢你哦，下午听你讲座，太感动了！她又笑又跳。

　　大人在一旁证实，说，是啊，她都兴奋地说了一路了。你就是梅子老师啊，谢谢你啊。

　　所有的累，在那一瞬间，全跑光了。

章丘高官寨，一个傍倚黄河的小镇。我到了那里，自然要去看黄河。

陪同我们的，是当地一女子。她从小在黄河岸边长大。说起小时候，她眼神变得迷离。她的老家，就住在黄河边上。那时，她和妹妹，成天在黄河边玩。特别是有月亮的晚上，她们迟迟不肯睡觉，在沙地里打滚，像两只滚圆的鼹鼠。她们捧起细沙，随风飘扬，一个大大的月亮，恨不得掉到沙地上，砸了她们的头。她迷惑，说，小时的月亮怎么那么大那么圆那么亮呢？

我笑了，我也以为是。那时，人与自然均纯粹。

看黄河。一条飞满尘土的河流。水看上去并无奇特，然它浩浩荡荡上千里，一路走，一路沉淀，这才有了物草肥美，人烟稠密。它孕育了中华五千年的文明。

岸边的细沙是一大特色，又软又细，像金黄的米粉。

我站在那里静静看，天空上飘着些白云朵，像用绵羊的毛，织成的毽子。我等着它落下来，给黄河披上。

去看百脉泉。章丘因它而灵动。已枯竭两三年了，今年因雨水大，泉水终于冒出来了。市民们欣喜若狂。每天去看百脉泉的人，络绎不绝。

确是奇观。那么多的泉眼，此起彼伏，如小鱼一串串，吐着泡儿。

　　最大的墨泉，泉眼之中，如一锅粥在鼎沸，昼夜不息。梅花泉名副其实，五注泉水，汩汩而出，恰如五瓣梅花盛开。

　　　大自然的手笔，谁也猜不透。在大自然跟前，我们只能永远做着膜拜者。

一些声音、气息会构成你生活的磁场和氛围，它们在，你才得以心安。因为不曾失去，因为不曾走远。

十月
October

静 水 流 深

草
木
染

它是赤脚奔跑的小娃娃。它是枝头蹦跳的小鸟。它是一只小熊，一只小猫，一只憨憨的小旱獭。它有它的音乐弹唱，叶子做成笛，花瓣做成瑟，吹之奏之。

骤雨
不终日

一日

　　遇见了美妙的云，在从章丘回东台的途中。

　　云在车窗外，我不用仰头，就望得见。我们车行，它们也行。像浮在轻雾的水面上的一岛屿，雪白的岛屿。

　　淡蓝的天幕，多像海面。又似涟漪不动的湖面。大大小小的"岛屿"，浮在上面。却不安分，闹嚷嚷着，在水面上追逐嬉戏，形状不断变化着。

　　很快，那些"岛屿"变成了簇簇花朵。是白玉兰，是杭白菊。一朵挤着一朵，一朵叠着一朵。花海汹涌。

　　我又疑心"花海"里面住着人了。孩童们在里面奔跑跳跃，他们扯起一把一把的云，像举着一束一束的花，在云与云之间穿梭。

　　入江苏境内，好太阳好云朵都不见了。天阴。再往前走，雨落，且下且大。家里朋友微信告诉我，家里正下大暴雨。真有意思，一路上遇着两重天。

　　黄昏时，顺利抵达家门。下着的暴雨，已停，空气香甜。想起老子的话，"飘风不终朝，骤雨不终日。"一笑。自然之态，又何尝不是人生之态？

盛宴

早起有雨，至晚间，方定。纠结着要不要外出跑步。借口是极容易找的，天气太潮湿么，路上不好走么，就不要跑了。

我们常如此找着借口，对自己做出一次次妥协，于是有了半途而废。

但最终，我还是走出家门。我希望自己是个能坚持的，是个有始有终的人。

出门来的福利真是不少。清澈的空气，是可以随便品尝的，深呼吸或是浅呼吸，那随便你了。桂花的香，是可以随便品尝的。蘸着湿润润的空气，味道更醇厚了。可当酒痛饮。也可以当是在吃桂花糕、桂花蜜、桂花羹、桂花糖，这个，也随便你了。你高兴怎么吃就怎么吃，不限量供应。

这厢吃着，那厢助兴的歌舞已起。栾树是最妖艳的舞女，缀着一头一身的华饰。"硕人其颀"。它就是《诗经》里的那个硕人啊。

木芙蓉是伴舞的小女娃子，扛着那么多的花苞苞，看样子还要热闹一阵子。

银杏在调试琴弦。在我看来，它是伟大的乐师。每一片金黄的叶子里，都藏着音符。风的手指轻轻一弹，便响彻四野。当然，你若不专心聆听，是听不到的。自然的秘密，都是藏而不露的。

虫子们的叫声，少了夏的激越铿锵，有了秋的排恻缠绵。"怜深定是心肠小"呢。可不是么！一只小小虫子，它的心里，也住着一个秋的。

　　居然还听到一只蛙叫，在一条小河边。它是个贪玩的孩子么？是从哪里偷偷溜出来的呢？它知不知道秋快深了，天已近寒？真替它担心。然旋即，我又哑然失笑，大自然就是它的家，它在哪里，都应该是安全的。

　　草丛里，突然窜出一只小动物，田鼠，或是小松鼠，没看清。我吓了一跳，它也吓了一跳。在我愣神之际，它转身，迅速跑了。我站那儿默默微笑，望着它消失了的地方。希望再度相逢时，我们都没有惊慌，且能够友好地打声招呼。

幸福的碎屑

三日

那人在所里值班，吃到好吃的烧饼，又大又薄，烤得焦黄，上面撒满芝麻粒，馅里多葱。他吃到一半，想起，这是我最爱的味道。他停下不吃了，打包，速速给我送回来。

我正在水池边洗衣裳。我喜欢衣裳飘着洗衣粉的清香，他的，我的。我一边洗衣一边看楼下的树。雨后天晴，阳光成了碎银子，在每片叶子上闪亮。叶子真是漂亮，像花。栾树的果实，比花还漂亮，点了那么多盏红灯笼。天上的云厚厚的，又软又白，让我有欲躺上去的冲动。突然门响，听到他的声音：瞧，我给你带什么好东西了。

来呀，快来吃呀，还热乎着的。他说。

我自然高兴。虽是刚刚才吃过早饭，但还是坐到桌边，在他热切的注视下，吃去半只烧饼。

好吃吧？他盯着我问。

当然，好吃极了！我答。

他拍拍手，笑了，站起身，他很满意我这么快乐。我也笑了，我亦很满意他这么有成就感。婚姻多年，我们不再说情话，我们做着饮食男女，把幸福的碎屑，像粒粒烤熟的芝麻，撒满我们每一寸时光里。

他转身继续去值班，我转身继续洗我们的衣裳。

我爸

四日

　　我爸来。每隔一段日子，他会进城来转转，巡视一般的。这里多了幢建筑，那里新开辟了条路，他都关心得很。

　　他坐在我家沙发上，颇有幸福感地说，我有福啊，想去儿子家，就去儿子家，想到姑娘家来，就到姑娘家来，你们没有哪个嫌我是个老头子，都对我好着呢。

　　他的话，有讨好的成分。这让我很不安。什么时候，父母在子女跟前，就变得小心翼翼了？

　　我们聊天。他的话细碎如沙，一会儿是东家的鸡怎么怎么了，一会儿是西家的狗怎么怎么了。咦，那个陈凤你知道的？她摔死了。

　　我上次回家就听他说过了，二队的陈凤，早起被门槛磕了一下，摔地上就没能爬起来，70 岁的生日还差两天的。

　　我当时听了，还很慨叹了一回，和他说起陈凤的一些陈年往事。我熟悉那个人，是因为她常到我家来，请教我爸庄稼上的事。我爸当时是农技员，对庄稼上的事，很有一套科学的说法。陈凤人脸盘，龅牙，笑声咯嘣嘣的，钢子儿一般，能震落屋顶上的茅草。我们小孩子顶喜欢她来，因为她每回来，都不空着手，要么带小半篮子桃子呀，要么带小半篮子瓜什么的。

　　我妈也很喜欢她。每回见她，都拉着她的手亲热地叫，老妹子。

我妈很少待人这么亲热。

我说，爸，你上回不是说了么，陈凤摔死也好些天了。

我爸"哦"一声，神情恍恍的，他讷讷道，说了呀，我还以为你不知道呢。你说这人嘛，就是一口气的事，好死得很呐。

我不乐意听这样的话，我说，爸，好好的，说什么死啊活的，我们吃饭去吧。

我爸就有些讪讪的了。

饭店离我家不远，我们走着去。我已把脚步放慢到不能再慢，我爸还是跟不上。我回头，看到他似一坨草，慢吞吞努力前移。见我站着等他，他颇不好意思地笑，说，人老了，走不快了。

我的眼睛，有些湿了。我说不是的爸，是我走太快了。我牵着他的手，并排走。他的个子已远远不及我高了。

我那伟岸的爸，我那英俊潇洒的爸，我那要写一部自传的爸，我那把二胡拉得音符飞扬的爸，我那每年过年帮村里人写对联的爸。家家门上都贴着他写的对联啊，"瑞雪兆丰年，春光满人间"，——他喜欢这么写。

他老了，他再也写不了对联拉不了二胡了。

五日

　　腿又受伤。从健身车上下来时，被飞转的轮子刮伤，皮肤上，立即现出五条鲜艳的红杠杠。没一会儿，就鼓起来，肿了。

　　也罢。又是要找借口劝我休息呢，我也只有听"它"的，这命运的霸道。

　　坐着，啥也不做，看窗台上两盆太阳花开。一盆黄，一盆玫红。开了好几个月了。它们真能开。

　　花开是为的什么呢？这个问题若抛给花们，花们一定要发笑，喊，花开就花开呗，是再自然不过的，花朵只在做花朵该做的事情。

　　我也就不再思考人活着是为了什么。活着就是为了活着呗，好好活着是人应该做的事呢。——深奥的问题变得这么浅显，这让我高兴。我便又想，我之遇小祸，是为了避开更大的祸呢。太幸运了！

　　外面能见度低。好久不见的霾，来了。但我知道，它不会待太久，或许明天，或许后天，也就走了。

　　我的腿伤，也很快会好起来。

午后，起风了。

风真大，能把人吹到天上去。我推开窗，呼呼之声，立即灌了进来。如波涛汹涌。

眼睛被吹得纤尘皆无。不，不，应该是天空和大地被吹得纤尘皆无。天蓝透了。云白透了。那些云，忽疏忽密，忽聚忽散，随风摆弄出各种造型，是会七十二般变化的孙猴子。

地上的草木，无一不是干净的。合欢的使命已完成，最后的花朵，落了。栾树之美，成为这个时节最好的馈赠。

桂花的香气，乘风扶摇直上，抵达我的七楼。我在阳台上，闻见它的香。我走到客厅，闻见它的香。走到书房，闻见它的香。我去厨房，倒一杯水喝，水里面也浸着它的香。我看书，书上歇着它的香。我写字，手底下蹦着它的香。衣服上随便抖抖，就能抖落一堆的桂花香。

我想给一个人写信，我想这样写：你知道么，我们这里的桂花都开好了。

飘着桂花香的信，不用读，闻闻，也很美好。

七日

做了一个极不好的梦，是关于我妈的。

醒来，心口疼得慌。夜还深着，雨也不知从何时开始落的，在晾衣架上敲出很响的声音，嗒，嗒。每一声，都如小锤子在擂。

我在雨声里等天亮。

多年前，我也曾这么恐慌过。厨房里，一家人吃过晚饭了，奶奶在收拾碗筷。我在灯下忽然瞥见奶奶的满头银发，一股恐慌攫住了我，我想到奶奶会死，害怕得哭起来。家人都莫名其妙着，好好的，这丫头哭什么！为此，我还受了我妈好一顿数落。

人的一生，总是不断的送别中。从前的人，一个一个，慢慢地，走远了。我奶奶走了，我爷爷走了，我外公走了，我外婆走了。某一天，我也将和我爸我妈，在一个路口分别。他们远去的背影，我再也追不到。一想到这，疼痛难忍。

天好不容易亮了，我赶紧给老家打去电话。我爸接的，他刚醒，很惊讶，问，这么早，有什么事？是不是今天回家？

我忙问，妈呢？妈好吗？

我爸"咔"一声笑了，想你妈啦？你妈她好着呢，弄早饭去了。你找你妈什么事？我爸回过神来，觉得奇怪。

没啥，我只是想看看她好不好，眩晕病最近没犯吧？我故作轻松地问。

就听到我爸在电话里叫，惠芬你快来，二丫头不放心你，一大早给你打电话来了。妈的笑声随后响起来，她"梅"呀"梅"地叫着过来了。这叫声催出我的泪，妈还在，真好。

我决定回家一趟。要尽孝，在当下。当下拥有着，才是最真切的。

在乡下，遇见了美丽的云。

田野的上空，那些云，好似白羊毛絮成的一件羊毛袄子，洁白松软得很。是要给田野披上么，还是给人家的房？人家的房上，真的蹲着一大堆云，像一群小羊上了屋顶。

又一波云涌过来，是甩着水袖的天女，它们长长的裙摆飘起来。裙摆上，兜着无数的白花朵。天女撒花了。一朵掉下来，变成稻穗。一朵掉下来，变成棉花。一朵掉下来，变成羊。一朵掉下来，变成茅花⋯⋯

太阳变成了云朵们要玩的一个球，被传到这个手上，被传到那个手上。太阳在云朵堆里，出出没没。每朵云的身上，都雕着好看的纹路。这样的纹路，我在乡下一些老家具上看到过。

又一波云从田野尽头，漫步而来，恰如一队白骆驼，气定神闲，风度翩翩。耳畔似有驼铃声传来，叮叮当当。

我妈去地里给我拔萝卜。我妈的肩头上，伏着两朵云。我妈不知道。我妈说，我种的萝卜，又大水分又多，比苹果好吃。

我说，哦。心里想，妈，你不知道呀，那是白云朵变的。这么一想，我笑起来。我妈也笑，她拔了半篮子白萝卜。想想，又拔了半篮子，说，吃不掉就给邻居们分一点。

我说，好的好的。我要把这白云朵变成的白萝卜，统统带回家。

去重庆。仿佛第一次发现，秋天的天空，有那么多的云。是成片的苇花，白而胖的苇花。秋天，万物都成熟到至臻状态，云也是如此。

只要你肯敞开胸襟，就能与云撞个满怀。

跟那人开玩笑，我说大自然这么慷慨，又热情大方，我只好笑纳它的好意。

是的，我接纳了满怀的云。

再长的旅程，因有这一天空云的照拂相随，不觉乏味。

在飞机上读书，宜读短小的诗与词。

今读羊士谔的。是第一次认真读他，感觉自己重新做回了小学生。

他的《寄裴校书》，在他众多的诗词里，算不得最出色的，我却喜欢得很：

登高何处见琼枝，白露黄花自绕篱。

惟有楼中好山色，稻畦残水入秋池。

这是一幅绚丽的画卷。登高望远，村庄田畴，尽收眼底。菊花上凝着白露，黄灿灿地绕着人家的篱笆。田野里的稻子熟了，秋池里涨满秋水，山色多么迷人，一切都在无声的交替中。我一会儿望望舷窗外的云，一会儿再来读读这首诗，我读出里面的岁月静好。

　　这首诗也最能体现他的文学主张："言以载事，而文以饰言。事信言文，乃能表见于世。"换成通俗的话讲，就是写作一要有好的语言，二要讲究真实性，这样才能见诸于世。

锦瑟

许是因为晚上接待方太过热情，许是因为床"生"，我失眠了。

我听着窗外的雨，沙沙沙在走，如蚕食桑叶。我想着遥远的乡下，爸妈的秋蚕，此刻，也是这么吃着桑叶的吧。沙沙沙，沙沙沙，骤雨急敲，把一个村庄都敲醒了。

凌晨一点。凌晨两点。凌晨三点。我还是无法入眠。

索性不睡，爬起来看书。

一千多年前的李商隐，也是在这样的雨夜里，失眠的吧，他写下了那封著名的家书《夜雨寄北》。温情里，透出深深的惆怅，湿漉漉沉甸甸的，挤也挤不干，晒也晒不了：

君问归期未有期，巴山夜雨涨秋池。

何当共剪西窗烛，却话巴山夜雨时。

人生最恨离别，归期遥遥，能拿出来取暖的，只剩回忆了。从前多么好，你端庄娴淑，我才情四溢，夜晚闲话，共剪烛花。可是，一转身，都成过往。他生命中最亮的一抹光——他的妻子王晏媄，早早病逝。

快乐的日子，对于李商隐来说，只是烟花一刹那。他的一生，都与忧愁纠缠不清。祖上有过荣耀，到他这里，已渐凋零。年少时，失父，作为家中长子，一个家的重担，都担在肩上。幸好，他有才华扛着，得到贵人的赏识和相帮，他做了幕僚。然考运却不佳，接连失意，最后，还得贵人提携，他才中了进士。后党派纷争，他不幸被裹入"夹板"中，他的人生因此起伏不定，浮浮沉沉，最后，病死在故土。

他的诗，一部分咏古，一部分咏情，发幽幽古思。他的一首《锦瑟》，今人当谜一样来解读：

锦瑟无端五十弦，一弦一柱思华年。

庄生晓梦迷蝴蝶，望帝春心托杜鹃。

沧海月明珠有泪，蓝田日暖玉生烟。

此情可待成追忆，只是当时已惘然。

这似是而非的一首诗，有人解读为情诗。我却以为，他是写给自己的。彼时彼刻，他一地碎了的心，无处安放，他假托锦瑟之名，来祭奠他曾有过的静好时光，那短暂的，灿若烟花的人生。那许是在他童年时，父母双全，他懵懂无忧地跟在父亲后面读诗习文，天空明媚，门庭光明。谁知人生的弦，根本不经弹，弹着弹着，年华就凋落了。

用喜悦的
眼睛看世界

十一日

来重庆两天了，一直下着雨，山城笼罩在厚厚的雨幕中。

却不觉得烦厌，反倒欢喜，雨雾中的山城，有蓬莱仙境之态。

踩着小雨点，去一个学校讲座。校园依山而建，植物多且茂盛。长长的花廊，三角梅一径垂挂下来，或红或黄，花枝招展，很是显目。黄桷树多巍峨，树树像巨伞，苍翠森然。桂花不知隐在哪棵树后，哪幢楼后，悄悄放着香。一两棵枫树和银杏，都是光华灼灼的，红是红得很彻底，黄是黄得很彻底。

讲座时，我自然把这些元素放进去了。我由衷赞叹，这是个多美的校园啊！由此说起重庆的美，我请孩子们现场描绘一下，重庆的秋天。

底下一片叽叽喳喳声。一孩子站起来说，我们重庆的秋天，也没什么的，最明显的就是总下雨，下得叫人发愁。底下的孩子，附和着笑起来，他们一指窗外，说，看哪，在下雨。

我笑了笑，又请另几个孩子谈谈。这几个孩子摸摸小脑袋，显得很为难，想了想，说，还是雨吧，总下雨。有时，雾也挺大的。

似乎重庆的秋天，不是雨，就是雾，无甚可爱处。

我说，可是，还有三角梅呢，还有桂花呢，还有枫叶红银杏黄呢。你们有没有发现，它们在雨中，色彩变得更炫丽呢。

我说，宝贝们，你若用喜悦的眼睛看世界，世界回报你的，才会是喜悦啊。

孩子们沉默了，继而掌声响起来。

鸡汤
米线

十二日

　　重庆还是雨，绵绵的。

　　在三峡广场闲逛，看行人来来往往。那些人也不打伞，任雨淋着，就那么闲庭阔步，似在自家庭院里。如此绵绵小雨，在他们，已是家常。

　　午餐时分，路边的小吃店都忙开了，人群被分散开来，如鱼，游进一家一家店里去。那里，纷纷端出各色米线、酸辣粉、焖锅饭和面条。

　　我谢绝了接待方安排好的饭局，一家店一家店比较过去。最后，我也如鱼一样的，游进一家米线店去，浓烈的麻辣味不由分说扑了过来。重庆人爱小面，也爱米线，几乎每一家面店里，都伴有米线。米线的浇头，离不开酸菜或辣子鸡。酸辣酸辣的口味，是很多重庆人的旧宠新欢。

　　店里小姑娘递上菜单，问，要不要辣？在无辣不欢的重庆，我很想辣一把。说出来的却是，不放辣，谢谢。

　　想起一笑话，一不吃辣的客人到重庆，每顿饭都无法下箸，最后她急了，跑到一家小吃店，要了一碗汤圆，再三叮嘱店老板，不放辣，不放辣。店老板白她一眼，道，汤圆没有辣的。最后，端上的汤圆的确不辣，可汤上却飘着一层辣油。

　　我的二两鸡汤米线很快端上来，虽没放辣，上面也有辣油汪着，香味直扑鼻孔，我吃得汗珠子直淌。周围人声嘈嘈切切热热火火，想到我也是这热火中的一个，重庆了一把。很开心。

棒棒军

十三日

　　在重庆，是无法辨清方向的，至少我是这样。根本分不清它的东西南北，房子建在地下是太正常的事。商场也多在地下。杨说，他书店的地下，还有五层的。我当即惊讶得说不出话来。这是住在山洞里啊！想想，重庆人也真够浪漫的，每日从山洞里出出进进，在山洞里上上下下，从一个山洞，钻到另一个山洞，不知过了几个山头了。人人都是山大王。

　　听到一个有趣的词，棒棒军。

　　杨说，这是他们重庆特有的，是指扛根棒子，专门帮人挑重物的那些人。从前，棒棒军特别多，在车站或码头，一呼啦一大群，人人手里一根棒子。

　　这是特定地形，催生出的特定的谋生手段。重庆城倚山势而建，上下坡多，车子到达不了的地方自然就多，这个时候，运送货物行李，只能靠人力。棒棒军应运而生。

　　杨说，你是没见识过，我们过去的客运站，路边上密密麻麻站着的，都是这些棒棒军，人人跟前都竖着一根棒子。只要有车靠站，也不等车停下来，他们一个个已扛起棒子飞跑起来，只见人头汹涌，棒子飞舞。可车子有惯性啊，要向前滑行好一会儿才能停下来，这群人为了抢到一单生意，就跟着车跑。一人一棒，那场景颇似大兵扛着枪，冲锋陷阵，声势太浩大了。他们笑称自己，棒棒军。

　　我一边听一边沉默地笑，我在那"浩大"里，看到生存的辛酸。却又不乏幽默的。苦中作乐，是人类一种了不起的智慧。

心若是
菩提

十四日

　　我读《离骚》，总要想到《静静的顿河》。我在很多场合，推荐读书时，提到《离骚》，必提到《静静的顿河》。

　　两个完全不相干的人，两个相隔几千年的人，却有着相同的内核，个人的命运，即是国家的命运。我促狭地想，屈原的"乘骐骥以驰骋兮，来吾道夫先路"这两句话，若让葛利高里当作口号来呼，一点也不违和。只不过葛利高里没这样的文采，也没这么高的觉悟。他是个被命运的大手推着走的青年，一个时期是茫然的盲目的。

　　读《离骚》时，背景音乐最好是用马头琴的。读《静静的顿河》时，背景音乐除了马头琴的，我也想不出有什么别的好配。

　　读《红楼梦》，里面的建筑最得我心的是芦雪庵："芦雪庵盖在傍山临水河滩之上，一带几间，茅檐土壁，槿篱竹牖。"植物的气息真满。茅草、木槿和竹子，又傍山临水，不知有多少野草野花环绕。它就是一幢植物的小宫殿。谁住在里面最合宜呢？让邢岫烟去住吧。她"是个钗荆裙布的女儿"，本分，自然，有植物的香气。真难得。

　　重庆多黄桷树，都是高大遒劲古意森森的。听说此树在寺庙里多有栽植，人称"菩提树"。佛家参悟，多以此为偈：

　　心是菩提树，身为明镜台。

　　明镜本清净，何处染尘埃！

　　佛家讲究意念至上，心若是菩提，哪里有尘！只是俗世的男女，却不去管这个，他们爱着它五月里开花，一直开到九月。花如白玉兰，香得很。重庆女子爱把它别在衣上。香随人动，别有一番深情。

武隆
的山

十五日

武隆，被誉为世界喀斯特生态博物馆，一个多奇山奇水奇洞奇坑奇缝之地。

小雨。山间多雾，飘忽不定。山峦如一只只大青螺，在雾里忽隐忽现。

看天坑。坑是天然的大坑，四周群山环绕。一个大大的坑，就那么凹陷下去，神奇得很。又仰观三座天然的"石桥"。巨石横亘于山峰之间，如桥，下临峡谷。因各自的形状，人给它们命名，一曰"黑龙桥"。一曰"天龙桥"。一曰"青龙桥"。自然的杰作，非能工巧匠能够。

看完坑后，去看地缝。

去地缝，全是往下走，曲曲折折，有不知楼阁几万重之感。不时见着小瀑布，从悬崖上跌落下来，在峡谷底部，汇成潭。潭水醇厚碧绿，跟果冻似的。小孩子见了怕是顶喜欢，会不会伸手捞来吃呢？

龙峡山地缝。一条巨大的裂缝，如刀劈斧削，从山顶，一直下到谷底。谷底，深不见底。看了，惊叹一回，也没有别的好说。更多的水飞溅下来，下到谷底去了。

山上有花，这是最让我称心如意的。花白，花紫，形似扁豆花。它们盘踞在一块岩石上。问同行的老杨，这什么花呢？老杨仔细看了看，说，野藤花吧。我"扑哧"笑了，有这种花？后想想，也对，生在山野，有藤有花，叫它"野藤花"，也是贴切了。

　　认识了一种小果子，叫"沙棘"。当地人称"救命果"。药用价值极高。树上结得多多的，红得晶莹，煞是好看。摘一个吃，涩嘴。

　　一对老人，走在人群的最后面，他们一边观景，一边拍照。不时发出惊呼声，美啊。大江南北，他们去过很多地方。武隆这个地方，是他们第三次来。为什么来呢，就是喜欢啊，喜欢这里的山，这里的水。趁我们还走得动的时候，多走走。他们笑着说。

　　我很想将来能像他们一样。

江水
绿如蓝

十六日

路过芙蓉江。

山脚下，一条镶满蓝玉的带子，飘飘拂拂而来，又飘飘拂拂而去，心上不知装了多少的蓝天和青山。

青山？真青啊，一直都是云雾缭绕的。让人想着"烟中列岫青无数"，又或"江上数青峰"，又或"青山隐隐水迢迢"。

路边停下来，观江。江水绿如蓝。果真是绿如蓝的，蓝得如泼了一江的蓝颜料。

蝴蝶乱飞。大蝴蝶，小蝴蝶，蓝颜色的，黄颜色的，像飞翔的花朵。有蝴蝶伏到一截木头上吮吸，似乎那木头上有香，有甜。我伸手轻轻碰碰它，它不为所动。它的一门心思，沉浸在那木头香里。

芙蓉洞。天然的一岩石溶洞。里面生活着一群一群的石头，过着石头的烟火日子。亿万年。大人，小孩，男人，女人，又瑶台亭阁，树木花草，飞禽走兽，一样不缺。我们都说石头是冷的，岂知它内里的热，远比我们人类要炽烈得多。美国诗人西米克，算是给石头翻了个身：

当两块石头擦身而过

我看见火花飞溅

或许它内部压根就不是黑暗

或许有一颗月亮从某处

照亮，犹如在一座小山后面——

恰好有足够的光可以辨认

这些陌生的文字，这些星星的图表

在那内部的墙上

石头的内部当然不是黑暗，有月亮，有山脉蜿蜒，有生生世世。

坐在芙蓉江边吃石锅鱼。窗外就是芙蓉江，江水在这里拐了个弯，仍是蓝绿如玉。

对岸人家的房，如白色的棋子，散落在江边。房背后是山，山上种苞谷也种花生。江里多鱼。家家小吃店里，鱼都是主打菜，豆腐鱼、肥肠鱼，上面泊着厚厚一层辣油。这吃法火辣辣的，像川人的性格。

两地

十七日

乘飞机时，我会留充足的时间，在候机厅里逛逛。

看众生相，是极有意思的事。有人闭目养神。有人傻傻呆坐。有人低头玩手机。有人在看电影。有人不停吃着零食，嘴巴子鼓鼓的。有人戴着耳机，旁若无人哼唱着。

我希望看到有人在看书，那姿态一定高雅得很。找半天，没有。我掏出一本书，林海音的《两地》。我成了一道风景。

《两地》写的是老北京和台湾的事。写台湾的，多以吃和玩为主。写北京的，是以儿时的经历为主。一个小女孩的经历。世界有那么多的事情在发生，丑陋的，混杂的，扭曲的，亦都激发起她的好奇心。多多的趣味，不知害怕。有淡淡的茉莉花的香。

晚八点，回到我的城，重庆又远在千山万水外了。

一个大月亮在云里穿行。喜，仰望许久。在重庆多日，都阴且雨着。又太多高楼大厦挡着，又地洞里钻着，不见天日。这一下子见到高远的天，很有些不适应了。

云朵身轻如羽，月色撩人。桂花满世界窜着门儿，携带着香气，一笼一笼地洒，毫不珍惜。栾树都盖着红盖头了，做着新嫁娘，等着谁去揭它的盖头。秋未央。想着我还有半个秋可倚的，就满足得不行了。

尘世之香

十八日

此刻，我坐在大自然的怀抱中。我的身后是一排海棠。海棠的后边，长着石榴和栾树，旁边还有几棵木槿。再往后走，就是一条河了，河边的木芙蓉还在开花。

虫子的叫声，唧唧的。在树木纵深处。桂花的香气，浮游在空中。不知从哪家院子里飘出来的。谁比得过桂花慷慨？谁也比不过的，它无私得很，不藏点滴，一家开花百家香。

下午去了趟学校，在校园里走，满校园都是桂花香。醇厚得叫人把持不住。我到底还是采了一小把，装在口袋里。手插在口袋里，不时碰碰那些香。手指上沾着的香，好长时间都不会掉落。

在街上走，也是处处都荡着桂花香。街角处的修车人，不紧不慢地在给一辆自行车换轮胎。卖煎饼的女人，又摆好她的小摊子，现做现卖。矮个子的男人，又开着他的三轮车出来了，三轮车上，装着做好的卤菜。有铁板竖着，上面招牌：何记卤菜。小妈妈牵着她的小娃娃，走在林荫道上，一边走一边对话。小娃娃还不大会说话，只啊啊，哦哦，像小猫打呼噜，他小手臂挥着，表示高兴呢。小妈妈应和着他的"话"，跟着他啊啊，哦哦。他们，都泡在桂花香里，无一不是甜蜜的。

我买了煎饼，也买了点卤菜。我实在拒绝不了这尘世之香。

月亮升起来了，我的膝盖上，栖落着露珠。我沾一点露珠，用舌尖尝了一尝。露珠也是香的。

蕊珠

十九日

　　查字典时，顺便在桌旁的收纳箱里，抽出一本本子来，打算记上所查之字。翻开本子，意外看到不知哪天随手写下的一个故事开头，大约那时是想把它写成个短篇小说的，后来却搁下了。现录之，备存着吧，或许哪天我就把它写成了呢。

　　蕊珠每年四月里都会犯病，病来得蹊跷，一夜睡醒，浑身滚烫，头晕目眩，来势凶猛。这状况，持续了五年，从 27 岁，到 32 岁，身子骨越来越不行了。

　　求医问症，找不出病根。

　　父母的意思，是缺个人。

　　父母心里明白，蕊珠是放不下一个人。27 岁那年，蕊珠的未婚夫夏大明，来赴蕊珠的婚约，蕊珠穿着洁白的婚纱，幸福满满地在一片桃园里等。四月的桃花灼灼，蕊珠的脸上，也开着两朵桃花。

　　然而，蕊珠等来的，却是夏大明的爽约。夏大明在飞奔她的途中，消失了，彻彻底底消失了。那一天的阳光，如桃花般地开着，真是灿烂。

　　从此，蕊珠见不得桃花。一见，就流眼泪。

　　蕊珠美，长颈，大眼，身材窈窕。夏大明之后，不乏追求之人。蕊珠都一副冷冰冰的样子，像个冰雕出来的美人。父母急，托人介绍青年才俊与她相识，别人扛着一副热脸来，却碰上了她的冷面孔，再火热的心，也慢慢冷了去。何况，她还有病，身子骨越来越差了，瘦得像个玻璃人儿。

父母搬来和她同住，饮食起居，一一细心照料。然一到四月里，她还是犯了病。这次犯病，比往日更甚，早晨父母来叫她起床，看她浑身湿透，如同在水里面泡过一样，人迷迷糊糊着，已处于半昏迷状态。

居容川是刚刚从国外留学归来的医学博士。他接待的第一个病人，是蕊珠。

这个时候，蕊珠已在医院住了半个月的院了，父母一直陪护着。一天，父母在走廊里听几个医生闲聊，说到刚回来的医学博士，说才识如何了得，国外高薪留他，他却回国了。父母起初也只是随便听听，待无意中看到这个医学博士的照片时，大吃一惊，心慌慌地跳，天，这个人，不是蕊珠消失的未婚夫夏大明么！他们定定神，再细看，这才看出差别来，夏大明下巴有颗痣。记得蕊珠第一次带夏大明见他们时，他们第一眼看到的，就是夏大明脸上的那颗痣，不偏不歪，正嵌在下巴最中间处。是颗福痣，他们暗暗欢喜。这个医学博士下巴上却没有痣。且这个医学博士看上去，比夏大明似乎要年长一些。

　　父母想尽办法，托了不少关系，这才让蕊珠挂上了居容川的专家号，且是第一号。父母的用意他们自己也说不清，换个国外留学归来的医生，或许这医生真的医术高明，能找出蕊珠的病根呢！又他长得太像夏大明了，蕊珠定不会反感，会配合着治病，那病，就肯定好得快了。再往更深处想，他们也不大敢想了。接下来要走的路，谁知道呢！

　　蕊珠起初也没注意看居容川。虽然，她的眼睛也在看着居容川，但他并未真正进入她的眼睛中。自从夏大明消失之后，蕊珠看谁都心不在焉了，她能做到眼睛在看，然眼中无物。父母在一边介绍着她的病情时，她一句话也没说，脸上一副淡淡的表情。居容川立即在心里得出结论，这姑娘心理上的病，比身体上的病更甚。

　　也难怪他有这个直觉。他曾主攻过心理学。他觉得，做一个合格的医生，须读得懂病人的心理才是。救人，有时要先救心。心是灵魂寄居的地方，一个人灵魂丢了，身体会跟着垮掉。好多病人不是死于身体有病，而是死于心的丢失。

腌咸菜

二十日

听说要来台风。天空阴着，偶尔洒下一两滴雨，很有些试探性的意思。不冷。虽已过了寒露。

我抱出一个小坛子，开始腌咸菜。

这活计没特意学过，也不用学。从前的生活经历，早已教会了我。

那时，哪家没有几个肚大腰圆的咸菜缸啊，往墙边上挨个摆着，又慈祥又敦厚。一日三餐，咸菜是必不可少的。吃粥就咸菜，那是不必说的。咸菜也可以再做成各种菜肴。咸菜豆腐汤是可以喝上一个冬天的。咸菜炖咸肉，里面的咸菜比肉好吃。冬天，拿咸菜烧小鱼，汤水放得多多的，冻成鱼冻，我们抢着吃。吃面条时，若有一碟咸菜炒肉丝佐着，能多吃上两碗。过年时，蒸包子，必有咸菜包子。包饺子，也会包咸菜饺子。

我们去念书，住宿。每个星期回家取干粮，咸菜是必带上几罐的，吃饭喝粥，当菜。穷学生平时也没什么可吃的，咸菜家里还是可供应的。我奶奶疼我，在炒咸菜时，油多放点，还加了嫩黄豆米在里面，那个好吃啊，空口也能吃下很多。这咸菜带去学校，往往撑不了一个星期，就吃完了。剩下的几天，就苦巴巴地盼着星期天，回家再取些咸菜来。

几年前，我的高中同学遇到我，那个曾经瘦得如豆芽菜的男生，已壮硕得像头牛了。他说，我那时还偷过你放在课桌肚里的咸菜吃。我恍然大悟，我说怪不得我的咸菜吃得那么快，两天工夫就没了。我们一时都笑了，那个年代，我们都做过这样的事啊，偷同学的咸菜吃。

　　腌咸菜的原料，以青菜为主，也有雪里蕻，也有黄花菜，也腌萝卜。这些菜蔬统统洗净了，在竹席上晾干。屋子里的腌菜缸已摆上。腌菜缸真是巨大，能装得下我们几个孩子。我爸我妈我奶奶都来做这活，我妈我奶奶负责把晾干的菜，一层一层用盐码在大缸里。我爸洗干净脚，卷起裤腿，进到缸里去，踩在那一层一层码好的菜上，直踩得出了卤。

　　我也只腌着一小坛，留着冬天烧烧豆腐汤。当我的咸菜豆腐汤烧好的时候，如果刚好外面下起雪，就与我的童年，相差无几了。

缘分

二十一日

看完毛姆的《月亮和六便士》。

低下头是六便士，活的是尘世，一饭一食，无数的欲望相互纠缠。抬头是月亮，逍遥遁世，只活着自我，非常人能攀。可惜，月亮里住着一个魔鬼。若我选择，我情愿要六便士，也不要月亮。

翻出大福送我的一只青花瓷碟子。这只碟子看不出年代，或许是明清时期的，或许是民国时期的。大福送我这个碟子，也没问过我想不想要。他自作主张给我带来，我一度不晓得拿它做什么用。

现在我翻出它来，仔细打量。它挺好看的，碟中间盘踞一朵蓝色大花，四周围环绕着些小花。我辨认半天，确信，那是葵花。以葵花入瓷器，这很少见。我不由得对着它想，它历经过多少主人了呢？那又是些什么人？他们在这只碟子里装过什么？它摆在茶红的桌子上，抑或是，搁在哪个妇人的床头柜上。手执诗书的女子，或是儒雅的男人，他们身侧的矮几上，搁着这只碟子，里面装着糖果，他们一边读书，一边拣起碟子里的糖果吃。这是悠闲的好时光。窗外最好有树，桂花或梅花，都很配。

我这么痴想了一回，在里面装上马奶葡萄。这葡萄又来自于谁家庭院，出自于哪双采摘的手？不得而知。许多的事物，就这么很奇妙地相遇到一起，哪怕隔着万水千山的时光长河。到该遇见的时候，必然遇见。能解释的，只有"缘分"二字。有缘的，总会相见的。无缘的，纵使咫尺应不识。

　　看到一句好诗：薄嘴唇的风。再不要多了，只收下这一句，今天也算有所得了。

一拍
即合

二十二日

午后的雨，有些慵懒了。

我也慵懒了。

搁下正看的书，对那人说，不如，我们看电影去，然后，就在外面吃饭？

那人的眼睛大放光芒。好啊！他叫道。我们一拍即合。这点好，我们总是能够一拍即合。我以为这是婚姻的最佳模式。

我们手牵手，漫步雨中，假装正约会，假装正恋爱。桂花被雨打落不少。栾树的潮红，渐渐消退。然在我们眼里，花还是香的，树还是华丽的。心中有美好，也才看到美好吧。

我们先去影院的售票处，看有什么电影，逮到哪部看哪部。售票的小姑娘说，下午最靠近的场次只有两部，一部动画片，一部《惊天破》。那人看着我，让我选，我是喜欢童趣一些的，但我知他喜欢侦破和武打类的，故而说，看《惊天破》吧。

离电影开场还有半小时，买一份爆米花，买一份炒酸奶，在一张小桌旁，相对坐着，边吃边等，我读一些诗，读到"故人隔秋水，一望一回颦。南山北山路，载花如行云"，我大叹一声，好啊。

那人探头过来，微笑，问，怎么个好法？

我回，啊，我想跟你隔着秋水呢，美丽的哀愁。那人塞我一粒爆米花，说，得了，还是隔着一粒爆米花的距离吧，这样，还有个人陪你看电影。

冷风吹着冷

二十三日

　　霜降，天冷。仿佛是一下子冷起来的。其实并非，它也是一步一步，把秋走深的。

　　出门散步。好久没去体育场了，一路走过去。拐角处的桃树，不见了。春天，它曾举着一树的桃粉，巧笑倩兮。我的目光，不知在它身上逗留了多少回。也曾采得一枝，插在家里一只长颈的蓝瓶子里。一壶春水漫桃花。

　　它豪养了一些好时光送给我。现在，它不知被移植到何方。一棵树，由不得它自己的意志生长，树怕也是很悲伤的。但愿它会被新的地方善待。

　　银杏、紫荆、玉兰、木芙蓉、月季花、垂丝海棠，我一路把它们认过去。它们都还在老地方，这很好。

　　浮云遮住了天。应该有月亮吧？冷风吹着冷。桥头，卖水果的拖车上，电喇叭的声音很响："橘子十块钱三斤，苹果十块钱四斤，香蕉十块钱五斤，不甜不要钱咪。"女声，沙哑的。不用看我就知道，伴着声音的，是一拖车的橘子、苹果和香蕉，伴着这些水果站着的，是一个女人，矮矮的，皮肤粗糙黝黑，顶着一头碎发，看不出年龄，或许四十，或许五十。我晚下班回家，路过这里，总能遇见她。

　　我站在黑暗的风里，听这熟悉的叫卖声，不知怎的，湿了眼睛。

　　有人停下来，挑拣水果，我很替那个女人高兴。我想有多多的人来买她的水果。

失之东隅，
收之桑榆

二十四日

年岁越长，越爱往那幽深的寂静里去。大浪淘尽，平铺的无垠，才是生命本来的样子。雨也总是不紧不慢下着。这个秋天，多雨。江南，江北，都是。

秋雨愁人。也真是愁人。我爸跟我通电话，话语里，都是雨。今年的收成不好，水稻全烂在地里，收不上来，我爸说。

安慰他，不好就不好吧，现在一两年歉收，也没关系的，饭总是有得吃的。

那是。我爸笑，笑得有些涩。——他还是心疼了。

我也心疼，心疼他和我妈的付出。多少的汗水，才能浇灌出一田的水稻啊！蔬菜倒是灌足雨水，长得茂密。我爸说，你要吃青菜不？要吃萝卜不？家里多多的。

好，失之东隅，收之桑榆。生活一直都处在辩证法里，哭的背面是笑，阴雨的背后是阳光。不绝望。

卖草鸡蛋的女人，又来了。我没见过她的人。但她的声音，却渗透进我一些寻常的日子里。我在我的小屋，正看着书，或正写着什么，或正洗着碗，或正叠着衣裳，那声音骤然间响起，有点沙哑，像水磨砂布刮擦着某些器物。从小区的某一处，环绕到另一处。

　　卖草鸡蛋哎，草鸡蛋卖哎——她这么叫着，声音里，有活生生的生动。我侧耳听着，很欢喜，还带着点激动。

　　一些声音、气息会构成你生活的磁场和氛围，它们在，你才得以心安。因为不曾失去，因为不曾走远。

出太阳了！

我跑去窗口看天。天上印着蓝和白。我想起吃的来，在蓝玻璃碗里，搅拌白花花的豆腐花。整个天空，真的酷似一只蓝玻璃碗。

树木看过去很亮丽。被雨水长时间灌洗着，它们都异常干净。每片叶子都能当镜子使，让太阳尽情照照自己的样子。每片叶子里，也都住着一个小太阳，亮闪闪的，富丽堂皇。

楼下人家晒了一绳的衣物。我也赶紧把衣服挂出去晒，又捧了床上的被子晒。

在纸上给自己列了一些规矩，希望自己能遵守：

一、早起。不熬夜。

二、每天看微信不超过五分钟。

三、信箱里的来邮，在当天处理完毕。

四、每天必看四小时的书。背宋词一首。抄诗歌一则。

五、少吃零食多喝水，多吃水果。

六、每天必散步两小时。看花，看草，看树，看河流，看天空，看来往的人。

静水
流深

二十六日

　　之一，人生的最高境界是"自在"二字。我以为这个自在是，自由的时间、自由的空间、自由的悲喜、不受打扰的宁静。

　　之二，听巫娜的《静水流深》。起初是一边看书一边听，然听着听着，出神了。仿佛进入某一峡谷深处，灵魂脱离身体而去。它是赤脚奔跑的小娃娃。它是枝头蹦跳的小鸟。它是一只小熊，一只小獾，一只憨憨的小旱獭。它有它的音乐弹唱，叶子做成笛，花瓣做成瑟，吹之奏之。

　　白云朵来呀。

　　南风来呀。

　　花香来呀。

　　流水来呀。

　　我们本就相亲相爱，我就是你，你就是我。唱吧唱吧，累了就相偎而眠。每一块开满野花的石头，都是最好的温床。

　　月亮升起来了。月光爬上眼帘。世界静止成一幅画。

　　之三，绣了会儿十字绣。看一朵花，慢慢在我手底下开了。一片叶子，慢慢在我手底下绿了。

　　背秦观的词，——曲终人不见，江山数峰青。我只觉得故事没完，一个人还在傻傻望着，傻傻等着，也许，又一曲会弹响。也许，一回头，他等的，就在他身后。

苏州
小景

二十七日

　　雨在我的小城下得很猛烈，大步流星般的。到苏州，已变成细细碎碎，是昔日女子的莲步轻移，很江南。又似吴侬软语，带着柔情蜜意。

　　烟雨是极配苏州这粉墙黛瓦的。细瓦之上，有绒绒的小绿，沾着雨水的小绿，似瓦的眉睫。每一片小瓦，都如房子的眼睛。眨巴眨巴，那真是相当好看。

　　我在这样的瓦片之下，透过一扇木格小窗，望另一些小瓦的房。这是老式居民区，人家在房旁植了几杆翠竹，又植了一蓬丝瓜。丝瓜的藤蔓从一户人家，爬去另一户人家，上面簪满黄花朵，朵朵都是相亲相爱的模样。生活的日常就是这样的，丝丝缕缕缠绕在一起，你中有我，我中有你。

　　一个男人在二楼的窗口雕刻着什么。隔着距离，看不清那是什么。他的手旁边，有一盆吊兰，枝叶垂到了窗子外。

　　楼下有人走过。雨在轻轻下，不惊不扰。

他们的身上，
都有我的影子

二十八日

　　早上，我坐在一家早餐店里，我的面前搁着一碗桂花紫薯粥，和一只素菜包子。我一边慢慢吃着，一边看从门口进来的人。一对情侣是十指相扣进来的，男孩子帅气，女孩子清瘦，很般配。进来后，女孩子坐桌前等，男孩子去点餐。这是恋爱的模样，而且正热恋。

　　又进来一家三口，男人，女人，小小孩。小小孩两三岁，被女人抱在怀里。进来后，男人陪小小孩玩，女人去点餐。小小孩很调皮，在店内跑。女人回头，皱着眉头大着声关照男人，看紧了，别让他摔了！男人答应，晓得的。我笑了，这是典型的婚姻家庭，不再是柔情似水小心翼翼，却有着醇厚的朴实动人，我们不用太客气啦，我们是家人。

　　又进来一单身旅人。拖着行李箱，他径直走到吧台那儿点餐，包子，粥，油条，迅速报完，找了个位子坐下。手机响，他回，我刚起，正吃早饭呢，午后就能到家。

　　他们的身上，都有我的影子。

山是
烟波横

二十九日

临时起意去婺源，是因突然间看到几张婺源的秋的图片，那团团的斑斓，实在勾人魂。

从苏州不返家了，直接往婺源去。所带衣物不够也无妨，将就着穿吧。昔日隐士归隐山林，天当屋，地当床的，我且也回归一次自然。

途经浙江、安徽，在安徽境内由于走错方向，误入大山深处。也没有惧怕，也没有顿足着急，世上再远的距离，也有路能到达。静下心来，走着就是。沿途的风景，如额外馈赠。

"山是烟波横"。山果真似横卧的烟波，一座，又一座。山脚下有人家，白粉墙上，趴一些黄艳的丝瓜花。鸡一群，在草丛里觅食。我恨不得跳下车去，问候一下那些花朵、那些鸡。尘世生命，各有各的欢喜幸福，而活着的场景，又是多么相似。我总会因这样的相似，而跌入无边的感动里。

下午三四点，到达婺源篁岭村。

游人不多，家家客栈都空着。价格极便宜，100元住一晚。几经比较，选了山脚下的暖阳客栈。喜欢这温暖的名字：暖阳。客栈的姑娘也长得颇似一轮暖阳，少见的温婉谦和。

小楼共四层。生活区在二层，有厨房、餐厅、客厅。客厅里坐着几个人在聊天，看上去像是这家的亲戚。有人在厨房里做饭，搬上餐桌的是一大盆凉拌野菜，言说，采的山上的。原来，她亦是游客。门口有大大的露台，站上面可观不远处的山脉蜿蜒，房舍布列其中。

　　三层四层是客房。房间很宽敞很明亮。白墙上有涂鸦，看似随意，实则颇费匠心。

　　时候尚早，去山里转转。走时跟小姑娘说好，会回她的客栈吃饭。有鸡在厨房门口探头探脑。那人要吃这只鸡。小姑娘说，好，可以现杀。我拦下了，这么活泼的一只鸡，将成为我们的口中食，我有点不忍。我们点了烧小鱼、竹笋炒腊肉、韭菜炒鸡蛋，小姑娘跟我们约定，一个小时后回来吃饭。

　　转去屋后，找到山民上山下山的小径。石块不规则地铺着，我们上山。才走几步，遇到一山民，是看山的。看山的小房子搭在小径旁，屋内窄小，仅容一人转身。

　　山民很健谈。他说旅游是这几年才开发的，从前他们都住在山上，靠种地生活。山上长油菜也长山茶油树。春天，油菜开黄花，秋天，山茶油树开白花。你脚下的路，有上千年的历史呢，我们村里人祖祖辈辈，都是从这里下山上山的。

　　我们这里好啊，夏天不怎么热，冬天不怎么冷，还有茶油吃，纯天然的，不打农药的。你们要不要带点茶油回去？我家里有，我自己种的。

他说话间，一山民背着沉甸甸的袋子，自山上下来。他们用当地话热烈交谈了几句，他转头告诉我，这是我舅舅，袋子里装的就是山茶油果。

见识到他说的山茶油树，开着满树的白花。还见到一种也可榨油的树，乌柏树。紫色的小花开在石径旁，马兰头举着一簇簇白色小花，如戴着花冠。我问他，是喜欢在山上生活，还是山下呢? 他说，山上有山上的好，山下有山下的好。眼睛却看着山上，在绿树掩映里，那些房舍，曾是他们祖祖辈辈生活着的家。

天色渐暗，我们下山，他也下山。他在山下拥有一幢小楼。全是木头建的呢。他很骄傲地告诉我们。

我们跟他告别，从他的木头楼房前走过，回到入住的地方。桌上的饭菜正热着，在等我们归。

晒秋

三十日

篁岭的夜晚和清晨，都是静的，几乎不闻任何声响。

清晨，站客栈露台，往对面看，房屋沐在薄薄的雾中。山峦是蓝紫的，像宣纸上的水彩洇开来。楼下是一小块地，里面种着菜蔬。有妇人带两个小女孩，坐在一堵矮墙旁，矮墙上搁着一些盆子，里面长着葱，她们热烈地说着话儿，像早起的鸟儿似的。

早饭，面条荷包蛋。

坐缆车上山。山上别是一个世界。层层梯田如棋盘似的，精致精巧。秋未深透，油菜已种下，绿绿的。山茶开白花，间或一棵两棵，开得满满的。马兰头和紫色小野菊最勤快，到处都晃动着它们活泼的影子。所遇香樟和糙叶树，都很有年岁。它们活过几生几世，又几生几世，见证了多少斗转星移物是人非。

山上一个村庄，是从前的人生。房屋顺着山体层层上去，一幢挨一幢，都有高高的马头墙。从前这里人家住着，而今，这些人家都搬去山下。这里成了农耕文明的一个博物馆。原先人家的房，做了客栈和店铺。

晒秋是篁岭的一大特色，来此，自然是要看晒秋的。人家的房前，都有长长的木棍伸出去，排成一排，那是为晒秋而备的。秋天果实累累，柿子、辣椒、玉米、稻谷、茶油果子，都要晾晒。用匾子装着，搁在那些木棍上，或搁在屋顶的平台上。从高处俯瞰下来，这些红红黄黄的晒物，就成了惊心夺目的景致，映衬着粉墙黛瓦马头墙，别是一番动人。菊花也摘来晾晒，一匾子一匾子的柔黄，夺人眼球。有游客看着那房屋顶上的斑斓，不自觉大叫一声，没得命了。她是实在找不到词来形容眼前之美之壮观。没有人觉得她鼓噪和夸张，都发出会心一笑，她委实说出了大家的心声，的确是美得让人丢了性命。

　　梯田也是一大特色。稻子收了，油菜种下了。如绿的细浪，一波一波，荡出优美的纹路。真是佩服那些勤劳的手，在山坡上，一锄一铲，绣出这等图画来。顺着梯田，走了一圈。蓼蓝、马兰花、野葵，快快乐乐地开着。当地人在卖山上的野果子——乌梅，竹篮子里，紫乌透亮的乌梅，像一堆黑眼睛。还卖野蘑菇和野山菌。

　　我多想做个当地人，就坐在那里，卖卖乌梅。不卖乌梅的时候，我就做一朵山上的野花，马兰花或野葵，一边听山风吹，一边唱着歌等着蝴蝶来。

　　或者，我就做那只斑斓的蝴蝶，从一棵茶油树上，飞到另一棵上，在每一朵白茶花里，都停上一停。

　　那些茶油，会香了谁的舌尖?

野蒜花
漫山遍野

三十一日

　　婺源的早晨，下着小雨。许多的店铺，都未开门。我和那人去寻早饭，找了一大圈，才看到一家卖狗不理包子的，客不多，但店里的三四个服务员，已忙得人仰马翻。

　　要一碗豆浆，豆沙包和狗不理包子各一只。站旁边候半天，才轮上。地上扔着面纸，桌上也不甚干净，然似乎没人介意这个。大家都极其安然地吃着自己的早餐。

　　到长溪。大山里头。一个因秋天的枫叶，而渐渐被世人知道的小村子。

　　山路有千百道弯，把我们弯进了村庄。白墙黛瓦，一幢幢，有溪流穿村而过。因其长，才叫"长溪"的吧。

　　外人进来，村民也只是抬头看看，随便你村里头瞎溜达。上午十点，村小学正在上课，孩子们在齐声诵读着课文。我趴在院墙外听了会儿，突然很喜欢这里，决定住下。

　　阿兰人家。主人是个戴姓男子，有两个孩子，大的在念高中，小的上幼儿园。他领我们进山，遗憾地说，枫叶还没红呢。若是你们晚来半个月，霜打之后，满山的红叶，几乎在一夜之间全红了，那时，好看得很，到处都是游人。

　　不是没有遗憾，我本是冲着红叶来的。然又不特别遗憾，大自然每时每刻，都有惊喜在，只要你肯缓缓走近，慢慢体味。

　　山中雨，说来便来。山峦如同大馒头，被蒸熟了，热气腾腾。当地人种的茶树，有些还在开花，花形似山茶花，想来它们本属一系，有亲戚关系，一个泡茶，一个榨油。戴先生说，这茶花也能吃的，有点甜。

山上野果子多，他努力想采摘挂在高处长藤上的金黄的野果子给我吃，他说特别好吃。他们小时候在山上就采着吃。

又在他示范下尝了一种类似野草莓的果子，有点酸。也尝了苦槠树上的果子，酷似榛子。他说他们当地人捡了这果子回去做豆腐吃。他小时候常吃这种果子肉做的豆腐，清火纳凉。

野蒜漫山遍野。开的花秀气得很，淡淡的紫，一簇簇，聚拢在一起。这些山该取名为"野蒜山"才是。

遇到一当地妇人，篮子里就搁着一把野蒜，青绿的一蓬蓬，在篮子里颤颤巍巍的。回家炒鸡蛋和炖咸肉，都是很入味的，戴先生说。

一棵高大的枫树，树干全蚀空了，然枝叶还婆娑着。戴先生说，它老了，没办法了。语气很伤感。这几百年的枫树，曾艳红过多少的秋啊！

落叶铺得厚厚的，走上去，柔软。就这样走下去，走下去，一直走到一个叫曹家村的小村落。吓一跳，我不当它是现代，我以为走进了远古。村子里通电通水才是近两年的事，黄泥黄瓦房，屋顶被炊烟熏得黑黑的。十多户人家，延续着从前的岁月。我从村头跑到村尾，花去三分钟。有妇人站屋角看我，我走到哪里，她的目光追到哪里。有鸡在门前台阶上啄食着青菜。

只有放下一些，才能拥有另一些。放下怨恨，会拥有轻松；放下对名利的追逐，会拥有身心的自由；放下斤斤计较，会变得善良慈悲，有颗柔软心，看到这个世界的美好。

十一月
November

每 一 个 四 季 ，
都 是 自 己 的
人 生

我吹过四月的风，我淋过十月的雨，这人生，算得是圆满了。

长溪的
早晨

一日

晨起，鸟叫声清灵，薄雾在山顶起舞，空气清澈。

上山看日出。太阳在山的后头。它爬山比人容易得多，它一跃而起，就到了山顶。天空湛蓝，山的影子，投在那些黛瓦粉墙上，像浮雕。

山上植物多，上面缀满露珠，这是上帝打赏给它们的碎银子。相遇到一块棉花地，棉果已绽开了。我不以为它是果，我当它是花。棉花是开两次花的，第一次是少女花，有白有红，模样像极了木槿。第二次是成熟的女人花，也就是棉果开的花。扯下来，可直接做件棉袄穿。

墓碑林立山上。村里死一个人，山上就多一个碑。见之不害怕。它们，已深深融入这大山里，生于斯，长于斯，故于斯。大山是他们永久的温床。

又去村子里转了转。溪水里游着几只白鹅。鸭子们在岸上做着下水的准备工作，嘎嘎嘎地乱喊口号。有妇人弯腰在溪水边汰衣裳。两只肥肥的鸡，在一临水的高台子上啄食，啄几下，抬头，眯着眼做陶醉状，复又低头啄食。有村人刚从地里回，篮子里搁一捧鲜艳的菜蔬。

卖猪肉的开着电动三轮车，车上搁着两片猪肉，大声叫卖，猪肉猪肉。像我们家里卖米饼的，走街串巷叫着，米饼米饼。村子离镇子远，得翻越好几座大山，村人们难得出山。当地女人阿兰说，我们要出山做什么呢？吃有自家种的粮食和菜蔬。要吃肉的话，村子里有人家养猪。

以前身上穿的，也都是自己织的布呢。

想想，有点羡慕他们了。

孩子们背着书包去上学。他们从不同的屋子里走出来，汇聚到一起，叽叽喳喳。

他们将会走出大山的吧？

会的。

忽忽
一梦

二日

　　午后，忽忽一梦，回到小时候，村庄树绿水畅，人口稠密。地里庄稼俨然有序，棉花地里的棉花，如云朵，密匝匝的。

　　我还是小孩子。妈妈在拾棉花，双手麻利地上上下下，如采茶。妈妈的头发真黑，太阳光如银片，在她的头发上跳跃。奶奶追着偷吃稻谷的鸡跑，她嘴里骂着，惹瘟！那是骂鸡呢。奶奶的碎步子迈得真快。奶奶还不曾很老。

　　我们几个孩子一会儿跑到棉花地里，一会儿又聚到一条渠沟旁。那里，狗尾巴草和野菊花成团成团地长。我们用狗尾巴草编各种首饰，又掐了一把花，你给我戴，我给你戴。阳光噼呖啪啦的。秋日的暖阳啊。

　　醒来，惆怅。那样的世事安然，回不去了。

　　读小北给我寄来的胡兰成的《山河岁月》。

　　小北做过我的书。他寄来他编辑的这一本。寄来前，他忐忑，说，你肯定不喜欢胡兰成，但我还是寄你，你想看就翻翻，不想看就放着。

　　我反问他，你为什么说我不喜欢胡兰成呢？

　　他说的理由惹笑了我，他说，好多人都不喜欢的。

　　我偏偏不是这"好多人"中的一个，我在七八年前，就读过胡兰成的《山河岁月》了，且不止读了一遍。

人不喜他，多半因他情感上的事。都替张爱玲抱不平，那么才华横溢一传奇女子，栽在他手上。然当事人张爱玲，在当年，并没有只言片语的谴责出来，只说自己从此萎了。——其实萎与不萎，那也是张爱玲自己的事，与他人何干呢！

这世上，从来不缺少好事者。偏偏这些好事者，常以道德卫士自居。

从前的
菊花

三日

　　抽空去看了一场菊。是那种人为聚拢起来的，轰轰烈烈吵吵嚷嚷开着。

　　美吗？美！一方天地里，全是菊。跟选美似的，叫人眼花缭乱。各样的颜色，各样的姿态，数不尽的繁华旖旎，看不尽的千娇百媚。有的丰腴肥硕。有的秀气精巧。有的热情奔放。有的眉目含羞。瓣瓣复瓣瓣，不知几重归路。笙歌吹弹，风清气朗。

　　然我却在心里替菊们难过，总觉得有点委屈了它们。那么多的人，围着它们拍照。那么多的人，围着它们指指点点。它们若会说话，一定会说，不，不要。

　　它们本是极安静的，无须灯光，无须舞台。"秋丛绕舍"，"遍绕篱边"，淡淡笑，天然妆，才是它们应有的样子。

　　从前的乡下，人家的房前，或篱笆墙边，都植有几丛，或金黄灿烂，或红粉乱扑。秋来，它们且笑且开，静谧的时光里，浸泡着它们的颜色和香气。女孩子们天天有花可戴。戴一朵黄菊花，戴一朵红菊花。或者，今天戴朵黄的，明天就掐一朵红的来戴。

　　它们总要开到第一场冬雪降临。最后一抹黄，和红，会从冬雪下面探出头来，跟这个世界温柔地告别。我们路过它，疑心下面藏着一条黄帕子和红帕子。

　　我怀念从前了。真怀念。

跟着阳光回老家。

我的日程里，回老家看望爸妈，是重大事件。每隔些日子，我都会回去一趟，陪爸妈吃顿饭，跟着他们去地里看看，听他们说些家长里短。然后，给他们发放零花钱。他们不再推让，不再佯作富足，不再口不对心对我说，不要你的，不要你的，我们自己有的是钱。

他们终于犟不过我，乖乖的，像两个听话的孩子，喜笑颜开地接过我给的钱。拿在手上，争论着谁多谁少。他们的开心，是我的幸福。

他们老了，这是不争的事实。他们的羽翼也旧了，也破了，再挡不住风雨了。那么，就让我来做他们的羽翼。我以为最好的孝顺，是把他们当孩子来宠，成为他们的"大山"和"英雄"。为此，我要更加努力，使自己变得更强大，好在他们遇到危难时，我能挺身而出，对他们说，没事，没事，有我呢。

收割机轰隆隆开来，来收割稻子。我们袖着手，在一边看热闹。不过眨眼工夫，门口一大块地里的水稻，已收割完毕，并在地里脱粒好了，把稻谷倒到晒场上。爸妈咧着嘴乐，说，现在种田，比以前容易多了。

这就好啊。

柿子树上的柿子红了。我在门前种下的大丽花和波斯菊，仍在不知疲倦地开。格桑花已谢了。我妈采了一包种子，说明年一定替我多多种下。

到哪山
唱哪山的歌

五日

温度恰到好处。阳光恰到好处。人呢？人更是恰到好处。

美景。美人。人和自然，都是美的啊。

常被人惊讶问，你怎么看不出年龄？

我也纳闷呀。为什么老要提年龄？树不提，花不提，草不提，你看它们，一年一年，常绿常开。

人的心态，其实最重要。到哪山唱哪山的歌，顺其自然为最好。不勉强自己。不为难自己。不活在他人的眼光和嘴里。走着自己想走的路，做着自己想做的事，无所谓得到什么、失去什么，心也就会快乐，会年轻。

晚上，去沿河风光带散步，听船只突突驶过，载着半船灯火。

我和那人，去寻晚开的桂花。空气中的水汽，带着甜滋滋的味道。那该是露珠的味道。我伸出舌头，那好滋味就落在我的舌尖上了。

露珠悄悄爬到人的眉睫上。它把我当成一朵花了么？

月牙儿真俏皮，它从两棵树的中间长出来。

我们有一搭没一搭地说着话。

他感叹，这样的夜晚真好啊，只是有多少人能像我们一样，知道它的好呢？他们要么忙着在酒桌上喝酒应酬，要么在牌桌上打牌，要么在为名利挖空心思，要么碌碌营营，一百个放不下。

　　我赞同，接口道，只有放下一些，才能拥有另一些。放下怨恨，会拥有轻松；放下对名利的追逐，会拥有身心的自由；放下斤斤计较，会变得善良慈悲，有颗柔软心，看到这个世界的美好。

　　我们两个，做了一会儿哲学家。

谢绝上一档电视访谈节目。

谢绝的理由很简单，我不喜欢如此抛头露面。

对方不解，露脸不是件好事吗？帮你做了宣传呀，让更多的人知道你呀。

我的回答是，谢谢好意，让你们费心了。但这样的露脸不适合我，我只想跟自己待在一起。

是的，我只想跟自己待在一起，做个清澈明净的人，不浮躁，不浮夸，少喧闹。

出行，赶飞机。逢上大雾。

高速封路。走不了，只能等。

心里是急的，这一延误，会赶不上飞机的。可急是急不来的，再发狠愤懑上火，也驱散不了大雾，它们丝毫不会受我们情绪的影响。

干脆不急了，掏本书出来看。人生路上，很多时候，我们都是自己跟自己较着劲，沮丧、愤怒、伤心、着急，然事情的结果，并不会因此改变一点点。反倒让坏情绪控制了我们，不得开心颜。这很划不来。

我不做这样的傻事，我让情绪缓慢下来，渐渐的，也就心平气和起来，沉入到读书中去。书是康·帕乌斯托夫斯基的《金蔷薇》，读过若干遍了。但无论什么时候翻读，还是滋味无穷。译本推李时的为最好。

　　两小时后，雾散。白云悠悠，尘世万千又是清爽明晰的。我们在路上改签了飞机航班，一切又都是恰恰好。

洋紫荆

七日

佛山的街道上，多洋紫荆，树高大，都插一头紫红的花。

初看到，惊，那么多！在这立冬日。它分明不把冬天放在眼里，做枝头春意闹。

因树太过高大，我眼睛又近视，看不大清楚，只看到一团一团的紫红，绚烂着。猜测它是三角梅。随即否定，三角梅也正在开，佛山的每条路上每个庭院里，都植有几丛。然三角梅不可能长成树的模样。

我拉住一环卫工人，他正把一袋杂物往一辆三轮车上扔。我指指那高大的树，问他，请问师傅，那开花的树叫什么？他没想到我问这个，顺着我手指方向看去，有点窘，支吾半天，说，豆角树吧。又不确定地摇头，啊，不是。然打量一番后，他又说，是豆角树吧。

我半信半疑。后来，走近了，捡起地上的落花细细看，原来是洋紫荆啊。在重庆时遇到过。香港也多植此花，香港的市花就是它。

那环卫工人叫它"豆角树"，似也没错。当花落，结荚，那垂挂下来的荚，恰似一只只豆角。

洋紫荆又名"红花羊蹄甲"。此名不是以花形状来命名，而是以叶，叶的顶端有裂纹，形似羊蹄甲。在我对花草有限的认识里，花以叶命名的，只此一家。

善行

八日

佛山多花，随便走走，就能遇到很多的鲜丽。

我入住的酒店附近，有一个三岔路口，地下通道上方，全被三角梅给覆盖了。紫红、大红，沸腾得不见枝叶，一任色彩波涛翻滚般的激荡着。花下不断有人走着，没人因那些花儿驻足或凝望，许是它已成了司空见惯。人对美好事物的感知，往往缺乏持久和执着。

好在花儿不小肚鸡肠，它欢天喜地地，只管开着它的花，明媚了那一方天地。它有时也跟人玩一点小把戏，悄悄滑落到一些人的肩头。那些人却不知，他们扛着一朵或几朵花，走了开去。

遇到扶桑和桂花。扶桑开在一家卖糕点的店门前。红红的花朵，像涂了红果酱的小蛋糕。桂花开在一个校园里。不是一棵两棵，而是几十棵，分列在一条长廊的两边。花开得密不透风，香气堆积如脂。学校的老师领我参观他们的校园，走至这里，一个老师深情款款地回忆道，这是我们的老校长当年栽下的，老校长把这里命名为"桂花走廊"。这些桂花，长了有二十多年了呢。我们没课的时候，都爱到这里走走，闻闻桂花香，紧张的情绪，会放松不少。

我微笑着听，很想拥抱一下那个栽下香的老校长。一个人的善行，原是花香暗洒，让更多的人，都会因之而香起来的啊！

游梁园

九日

去梁园。

这座始建于清嘉庆年间的园林建筑，几番损毁，几番修葺，以"名帖、奇石、秀水"被世人称道，为岭南园林的杰出代表。

我自然不肯错过。然当地人却很少有进去看的，送我去的小李就是。他不好意思地笑，说，我们都是跑到别处旅游的，都以为着，这个在家门口嘛，将来有的是时间进去看，所以一直都没有进去过。

我在心里"唉"了一声。又是一个把远方当作风景的人，岂不知，自己所在的地方，亦是他人的远方。

进入梁园，首先是一方石跳入眼帘。转过石，便看到水。水上自然有桥，小巧玲珑得似能盈手一握。袖珍之地，竟造出一个园林来，也是本事。各各石头摆放，千姿百态，"美人照镜""童子拜观音"等等，每块石头，营造者都赋予它一段故事。

我对这些，也只略略看看。我感兴趣的是满园的花草，池边堆绿叠翠，有花在开。紫的，红的，一堆儿一堆儿。我认得绣球花和四季梅，还有一大丛木芙蓉，傍着水，开得千娇百媚。也不知是从前就有呢，还是新栽的呢。谁的眼光叠印着谁的眼光？

屋子连着屋子，都有门相连相通，不知曲折几回。转到一敞开的院落中，一棵粗壮的芒果树，几乎遮蔽了整个院子。看上面标签，一百五十年。算不得多古老。可对于人类来说，也已历经好几代了。

　　出梁园门口时，看到一棵开满鹅黄花朵的树。仰头对着那些花看了许久，觉得不枉此行。我来，它刚好开着花。

我把她当花一样欣赏着

十日

佛山是花草的世界。兴许别的地方也有，但我日日见着的，是这么轰轰烈烈，花事不绝如缕。每日推窗见绿，出门见花，对人来说，可谓福分不浅。只怕是，不够珍惜。然又觉安心，世事之美好，对人的影响，哪会是百分百？若能影响十之一二，也算不得辜负了。昨日看一路过花丛的女子，举手里相机，对着一丛三角梅，仰头认真挑选着角度拍摄。我看着，放心了，美在，断不会缺少目光追随。

在梁园，也遇到一个女孩子，她跪伏着，对着地上的一堆四季梅拍照。她拍了多久，我就看了多久。我把她当花一样欣赏着。

佛山还有个可爱之处，它是美食的天堂。各色糕点，不用吃，光看看名字，就止不住舌尖生津，什么马拉斑兰糕、奇味牛柳酥、五邑咸鸡笼、芝士香芒球、黄金蔬芙喱、黄金喳喳肠等，不下几百种，又各色小笼包、煎饼、煎饺，又各色靓汤，和糊糊，又有双皮奶及各色炖盅，不胖几斤回家，那不算到过佛山的。

想人生有美景可赏，有美食可吃，若再配以有好书可读，有好音乐可听，这人生，真真是叫人永生永世的啊。

可惜的是，好多的人，走着走着，就忘了欣赏忘了品味，只剩下机械地行走，麻木地吞饮，没一点趣味了。

鸡蛋花

十一日

居然有树叫"鸡蛋花"。

树长在东莞一个叫"厚街"的地方，路旁，两棵。高得很，我须仰了头望。又肥又厚的叶间，花东一朵西一朵地乱插，也有团团簇拥在一起的，似在传播什么小道消息。花白，大而阔气，五瓣，中间染着鲜黄，似刷了一层蛋黄，故又称"蛋黄花"。

我一听这名就笑了，我想摘下它来用面包夹着吃。又想着，它会不会趁人不注意，偷偷在树上窝上一窝的小鸡。哈，要是那样，可真是有趣了。

鸡没有，小鸟倒是有几只，在花树间穿来穿去，啁啾鸣唱。小鸟是专为快乐而诞生的生灵。它们的歌唱里，从不见愁苦。它们的肚子里，装着星星一样多的有趣的事。它们的心，就是一朵花开的样子。

我仰头看花，看鸟。一个男人走过我身边，盯着我看。他走过去了，又回过头来盯着我看。我指一指树，告诉他，这是鸡蛋花。他笑了，道声，鸡蛋花啊。且走且笑，一径笑着走了。

普及一个有关鸡蛋花的知识：

鸡蛋花，原产美洲。别名缅栀子、蛋黄花、印度素馨、大季花。夏季开花，清香优雅。落叶后，光秃的树干弯曲自然，其状甚美。适合于庭院、草地中栽植，也可盆栽，可入药。

在中国西双版纳以及东南亚一些国家，鸡蛋花被佛教寺院定为"五树六花"之一而被广泛栽植，故又名"庙树"或"塔树"。

夏日纳凉图

十二日

十一月中旬的深圳，夏天似乎还没过完。

晚上，在深圳街上漫步，所见之景象，完全是一幅幅夏日纳凉图。人们薄衫薄衣穿着，不紧不慢地逛街。小区门口的空地上，小孩子在奔跑追逐。大人们守在一边聊天。修鞋的师傅蹲在树下，和人对弈。旁有人围观，头顶上的路灯昏黄。路边的榕树或椰子树，都是茂密青碧的。好看的特别是榕树垂下的"胡须"，像垂挂的帘子。

遇到一排树，形状特别伟岸俊美，枝干笔直，像用水泥抹出来的，枝条造型特别。逮住几个路人问是什么树，都摇头说不知。后来网上查阅，得知它叫"盆架子树"。因形似古人放洗脸盆的架子而得名。这颇有趣，这么伟岸的树，却被人像唤阿猫阿狗般随意着。

深圳人不太喜此树，据说它开花时，味道太过浓郁，熏得人头晕，附近人家的门窗，都得闭紧了。明明是一片赤诚，捧着满怀的香奉送的，然热情过头了，就叫人生厌了。这才叫物极必反呢！可它不开花时，这么美！

遇到一只蛙，通身金黄。它蹲伏在路边的栏杆上，像用塑料做的装饰物。我们围着它看，有一个小孩也发现了，惊喜地凑过去，想伸手捉它。身后的大人制止住了，拖孩子走。这东西有毒，会毒死你的。大人说。

一环卫工人也站那里看。我问他，它真有毒么？他看看，点点头，说，怕是有毒。

那你知道它是一种什么蛙？我又问。

他愣了愣，说，我们北方没有这样的蛙呢。

他一句"我们北方"，让我意外。我们热烈地交谈起来。他是湖北人。孩子来深圳工作了，他便也跟着来了。闲着也是闲着，找一份事做做，还能替孩子赚点菜钱嘛。他说。他来深圳六年了，很想老家。

一束
黄玫瑰

十三日

　　佛山的孩子们送我一束黄玫瑰，花朵微开着，水灵，饱满，有淡淡的清香散发出来，袅袅不绝。我没舍得扔掉，从佛山带到东莞。在东莞住两天，又从东莞带到深圳。在深圳逗留一夜，又从深圳带到机场。为方便携带，我把它外面的层层包装弃了，单留着那一枝枝花，插在我背包的口袋里。

　　我背着这一枝枝黄玫瑰过安检。安检处的小姑娘且惊且喜，问，是真花么？我说，是真的呀。她问，可以摸一下么？我说，可以呀。她就伸手摸了一下，再摸了一下，笑了，果然是真花呀。好奇问，你为什么带着它们呢？我说，我喜欢它们呀。小姑娘就又笑了。

　　我突然为自己感动，喜欢一个人或一朵花，不轻易舍弃，那是真的喜欢吧。

　　我背着我的花，在机场里走，有一些目光为我的花逗留，我很高兴。替我的花高兴，也替我自己高兴，也替送花给我的孩子们高兴。

叶子的
日子

十四日

今天我把它命名为"叶子的日子"。

看叶子去。

出门，也就能见着了。我爱我所在的小城，它四季分明，从不含糊。每一季都有每一季的鲜明特征，像一个公正分明的人，举止恰当，不卑不亢。

我看到的是紫薇的叶。漂亮得像开了一树一树的红梅。每一片叶子都是花朵，它不声不响地，让它的光阴华丽成这样。一棵树的梦想是什么呢？是花开？是结果？我想，是认真度过属于它的每一个日子吧。

银杏的叶不要说了，金黄。像贵妃，珠饰满头。我在一棵一棵的银杏树下走，我也高贵得如女王。我拣了两片落叶做纪念。

梧桐树的叶子大，焦黄，像烤熟的芝麻薄饼。给谁吃的呢？我看到几只小蚂蚁在上面忙碌，它们是把它当作温床。

垂柳的叶子黄了也可爱，像金黄的马鞭子，被风轻轻挥着。

有一种树的名字奇怪：无患子。树叶子像小金鱼。一树一树的小金鱼，叫我惊诧。美！我只能这么俗地叹。

树下长椅上坐着两个妇人在聊天。旁边的娃娃车里，一小娃娃手里握着一片金黄的叶子当玩具，他的双眸，认真端详着手里的叶子，那双眸里，映着可爱的金黄。

　　我给各种树叶拍了照片，它们无须摆造型，就美得惊心。每一片叶子都像油画。

　　冬还没来，秋还在秋天里。

　　晚上的月亮，圆而大。跟发酵过似的。

　　据说是 1948 年以来最大最满的。我对着它发了一会儿呆，1948 年的人事早已化成尘土，有多少的眼睛曾仰望过这枚月亮？

　　我与它，在时光里有幸相遇，如同遇见从前的人。什么是消失？什么是永恒？明月无语，爱如流水。

　　不舍。我跑去水边看它。跑去树的缝隙间看它。在空旷处看它，又在人群里看它。

　　今晚，有多少心为它欢喜、驻留？我很想一一去拥抱这些颗心。

迷人的
小妖精

十五日

还是要为那些美丽的叶子惊叹、驻足、凝眸。

市民广场上，长一排银杏，又一排银杏。片片叶子，都像用金子镶上去的。镶上去也便罢了，偏偏还精雕细琢了一番，镂出好看的花纹，每一片，都如一只金色的开屏的小孔雀。一树的"金孔雀"，在阳光下，怎一个富丽堂皇可比得！却又不显得庸俗，而是极其高雅端丽的，又捎带着活泼，我喊它们，迷人的小妖精。

有一棵枫树，很高了。扛着一头一肩的红，红是不得了的红，红到红里头去了的红。树下，歇着一个青年，他背倚着树，在发呆。青年知道他正倚着一树的华美么？真想他抬头看看，再看看。这样的时光，怎么度过都叫人心疼和不舍。

紫薇还是最让我迷恋。紫色的小果子，和红色的叶，风华绝代。给它拍几张照片，枝头缀着几枚小果子，又几片红叶子，疏离着，背景是空空的静。我突然想走进那静里去，和它一起站成岁月最温情的模样。

一方水土
养一方人

十六日

　　连续好几顿，都点了一种小茨菇吃，用肉汤烧煮的。

　　这种小茨菇是丹阳的特产吧，来丹阳，第一次见，在别的地方都没看到过。小，如楝树果子，又似雀蛋。粉粉的，轻咬即化。

　　一方水土养一方人，真是一点儿假不了。就像海门产小芋头，高邮产双黄鸭蛋，而我的东台，一个叫"下灶"的地方，产蚕豆。粒大，粉、糯，叫"下灶蚕豆"。挪一个地长，长出来的，全然变了模样和味道。

　　所谓橘生淮南则为橘，橘生淮北则为枳，原是如此。人亦如是，好环境提升人，坏环境使人堕化。

　　某人问，明天还吃小茨菇吗？我肯定地答，吃。想起汪曾祺小时的咸菜茨菇汤，下雪天日日吃着，他不喜。后来多年不吃，他也不想。然一次他在沈从文家，吃到师母做的茨菇炒肉片，他对茨菇又有了感情，后来常常买了茨菇，回家炒了吃。他说他很想喝一碗咸菜茨菇汤了，很想念家乡的雪。

　　我们每个人的身体内，都安着一根从前的弦，我们以为的遗忘，一个不经意，也就会被弹响，让我们深深陷入怀念中。从前的再多不好，也是馈赠，因为，那是属于我们特有的经历。

十七日

读到一个好句子：每一个四季，都是自己的人生。

若真的把人生分为四季，该是这样的：小孩子是春天，青年人是夏天，中年人是秋天，老年人是冬天。

对照着看，我已走过鹅黄柳绿的春，走过葱茏茂密的夏，到达丰厚内敛的秋。前面，是个洁净清明的冬在等着。

伤感吗？似乎应该伤感。没了春天的姹紫嫣红，没了夏天的青绿蓊郁，秋天里，是一场凋零一场空。

然"夏姐姐"不这么认为，"夏姐姐"说，哪怕凋零，也是华丽的。

"夏姐姐"说，我还要买件花裙子穿，我还要买双溜冰鞋，留着冬天去溜冰。

"夏姐姐"，七十有五。我们是第一次见。她涂着很艳的口红，穿着碎花呢外套，脖子上系一条艳丽的丝巾，头发烫成微卷。我心里叹一声，真美。像什么呢，就像一棵华丽的枫树。

她不喜人称她奶奶，她一本正经说，请叫我姐姐。同行中有人带一五六岁小男孩，小男孩见她，脱口就叫，奶奶好。她笑着纠正，不，小宝贝，叫我姐姐。自此，大人小孩，都一律叫她姐姐，夏姐姐。

她活泼，爱跳，爱笑，笑得眉目飞扬。十足的少女模样。

在她那里，哪里有什么秋的凋零，冬的肃杀，她活着她自己的四季人生，丰盈而美好。

　　真心喜欢她。人生如果认真走下来，都应该如这般丰盈美好，每一季都有自己的锦绣。我吹过四月的风，我淋过十月的雨，这人生，算得是圆满了。

孤独

十八日

那人的叔叔走了。走的方式很决绝，上吊自杀。

他有两个儿子，一个女儿。多年前，妻子生下最小的儿子，受了风寒，落下病根。后又神经出了毛病，疯疯癫癫半世，撒手走了。留他，孤身一人。

他独自嫁了女儿，又帮儿子娶了媳妇。儿女的家庭，皆过得红红火火。他却成了累赘，被抛置一边。有时想找儿子说说话，媳妇的脸色却难看得很。他便很自觉地缩回去，怕碍了他们的手脚。

我去那人老家，碰见过他两回。他一个人身影伶仃地晃过来，瘦得像纸人。他站在门口，跟我们说话。请他一起吃饭，他有些不好意思，说，不吧，不吧。却一屁股坐下来，挑起一块肉，眼泪就下来了，说，我顶爱吃肉了，我好久都不曾吃过肉了。

跟公公婆婆谈起他，他们都摇头叹气，说，子女不孝顺，不把他当回事。

后听说他得病了，一个人躺在一间小屋里。我们去看他，床头上堆着亲戚们送的糕点，包装袋子都好好的。他说，我有糖尿病，这些东西哪能吃啊。给他钱，他不肯要，说，我也有钱呢。

他为什么要走上绝路呢？熟悉他的人都这么议论着，说，没发生什么事啊，饭有得吃，衣有得穿，自己手头还有五六万块钱余钱，每月还有养老金拿，怎么就想不开了？

　　他们不知，孤独和寂寞，足以杀死一个人。

　　他死后的仪式，却隆重起来，儿子女儿都是孝子孝女模样，披麻戴孝，请了和尚来给他做道场，大敞篷搭着，宴席的桌子，足足摆了有三四十桌。香雾蒸腾，觥筹交错，笑语喧喧，梵音阵阵，真是热闹。

层林
渐染

十九日

　　这时节，堪称大地上最美的事物，莫过于各色各样的叶子了。

　　若要在其中再推选出杰出代表，枫树之叶和银杏之叶，当是绝代双娇。

　　我正这么给它们排着序时，紫薇的叶子跳了出来。广玉兰的叶子跳了出来。黄栌的叶子跳了出来。梧桐树的叶子跳了出来。杉树的叶子跳了出来。哪一个，都浓烈得能把人吓一大跳。

　　对，浓烈，无比的浓烈！绝对是色不惊人誓不休的。果敢，决绝，红是红得透心透肺，黄是黄得披肝沥胆。你站它们跟前，简直要惭愧了。

　　怎么能够不惭愧。做人何曾做到这份上，淋漓尽致，不管不顾，只管一任让自己燃烧起来？现实里，这里那里的牵绊太多，顾虑太多，我们难免总是缩手缩脚，瞻前顾后，给自己留条后路。而这些叶子们，把自己的后路堵得死死的，燃烧完了，也就完了。

　　我从银杏树下走过，进到杉树林中。"层林渐染"这个词是用来形容这个时候的杉树的吧？那细如缝衣针似的叶子，一点一点描上红，描上黄，是怎样的浩荡激越！它叫我无法呼吸，真的无法呼吸了。心里有一千个一万个声音说的都是，感谢上天，让我拥有明亮的眼睛，可以看到这一些。

　　这个时候的枫树，是不能直视它的。我怕它会烧疼了我。美得过分的事物，是叫人心疼的。我在一树一树的红枫跟前，就那么心疼得不知所措。

　　我去给梧桐树拍照。"斑斓"这个词，献给这个时候的梧桐树，是相当贴切的。在一旁清扫道路的两个妇人，站我旁边，饶有兴趣地看，她们一会儿看我，一会儿看树，然后齐齐对我说，这些树真漂亮啊。

　　我替那些梧桐树感到高兴，不仅我看到了它们的美，还有人也看到了。

　　感激这些美的存在，让我们能够轻易遇见。

一生中的
必修课

二十日

　　天似乎没有转晴的迹象。大地上的色彩，却不管你是晴天，还是雨天，它们心里自有一把火。

　　燃烧吧！只有燃烧，才能证明生命的存在。也只有燃烧，才能达到生命的极致。

　　华丽盛放，是每个生命的梦想吧？叶子的盛放，比鲜花的盛放更令人震惊。谁承想，凋零也能如此华美！

　　我拍我的小区。从七楼阳台俯身下去，那栾树，那合欢，那银杏，那广玉兰和紫薇，都是流光溢彩，丰姿绰约的。每一张照片，都好看得如油画。

　　我是住在油画里的人。

　　我们都是住在油画里的人。

　　看王阳明家训《示宪儿》，感慨良多。这家训实可做普天下之人的做人准则：

　　　　勤读书，要孝悌；学谦恭，循礼仪；节饮食，戒游戏；毋说谎，毋贪利；毋任情，毋斗气；毋责人，但自治。能下人，是有志；能容人，是大器。凡做人，在心地；心地好，是良士；心地恶，是凶类；譬树果，心是蒂；蒂若坏，果必坠。

　　热爱读书，孝顺父母，心怀善良，宽容大气，低调做人，这是我们一生中的必修课。

陪伴是最长情的告白

二十一日

身体极不舒服，但还是坚持回了趟老家。

妈今天过生日。

每年的新日历到手，我做的第一件事，就是把家里人的生日先标上，那人的，儿子的，爸爸的，妈妈的，公公婆婆的，兄弟姐妹的。当然，也包括我的。

买给妈的礼物——一件紫红色棉袄，是早在半个月前就准备好的。大清早，就电话到蛋糕店，订做了一只大蛋糕。另包好给她和我爸的零花钱。每次见面，我都给他们发零花钱，以至我爸见到我手往包里掏，就眉开眼笑，知道又有零花钱了。

妈烧了好几个小菜。也买了长寿面。妈锅上锅下转，嘴一直咧着。

妈吃我切给她的蛋糕，一边吃，也还是一边笑着。鼻尖上都沾上奶油了。我爸伸手，轻轻替她揩了。我喜欢我爸这个动作。

妈穿我给她买的袄子。不大不小，正好。颜色亦是妈爱着的。妈高兴得跳起来。

妈看上去真像个孩子。

看到他们开心，我更开心。父母的恩情，儿女怎么报答也报答不完的，我能做的，就是在他们有生之年，尽量多抽空陪伴。

喜欢一句话：陪伴是最长情的告白。记得父母的每一个生日，并用心陪他们过，是对这句话最好的践行了。

请用雪来
款待我

二十二日

如果你一无所有，请用雪来款待我。——这是我今天读到的最好的句子。

我这里没有下雪，却下雨了。冬天的第一场寒冷，就这样，以雨的模样，降临在我的小城。

但我知道，很多人在盼雪。我也是。风这么的大，天这么的冷，理应该下雪的。

没有人会厌烦雪。尽管它表现得一点不热情，始终一副冷冰冰的样子。你想用你的热情留住它，没门。它一沾你的掌心就化了。可是，它美。美得无可替代。美得天下无双。

美的事物，总叫人难以抵抗。说白了，我们碌碌营营的一生，就是为了追求美。

煮雪烹茶，俗人做了，自以为高雅。其实，也不过是俗事一桩。吃喝二字，本就是俗。

一舟，二三粒人，于湖心亭赏雪，是那个叫张岱的文人才能做出来的事。我以为很风流。羡慕！

如果你一无所有，请用雪来款待我。这个愿望真奢侈！

今日小雪。于细雨中，读两章《红楼梦》，一章《情切切良宵花解语，意绵绵静日玉生香》，一章《琉璃世界白雪红梅，脂粉香娃割腥啖膻》。都是欢天喜地天真无邪好时光。

今宵独钓
南溪雪

二十三日

雪来了。

本是预料之中的事，却仍感到意外，意外极了，且惊且喜地大叫，雪啊！非得这么大声惊叫一番，才足以表达我们的热情。

雪起初也只是漫不经心地飘飘，像来应付差事似的。至午后，很是正正经经起来，大片大片的雪花，争先恐后地，一拥而下。空中像飞着无数的白蛾子。

有人归来。也不撑伞，就任雪花落在他们头上、肩上。步履也不紧张，雪中行走，生活的重担暂且搁置一边，先享受眼前的纯净和安宁再说。

也是顶顶奇怪，雪落得越是紧密，越往那宁静里去。这个时候，请不要大声喧哗，请轻轻呼吸。

"昨夜醉眠西浦月，今宵独钓南溪雪"，宋代词人洪适笔下的渔翁是个乐观的人，很有些苦中作乐的本事，虽家贫如洗，有着种种艰辛，然那西浦的月，南溪的雪，可供他醉眠和独钓。

今宵，可也有人独钓一溪的雪？

我在窗子后面看着，想了一些事，一些人。又好像什么也没想。我让时光空着，等着雪来落满它。

做一个明亮的人

二十四日

什么时候的阳光最叫人激动？答案：是雪后的。

一场雪后，阳光撒着欢地跑出来，灌满我的窗。那人去上班，临走前，过来拂我的脸，凉的手指，滑过我的额，他俯身说，记得起来要把被子晒晒啊，出太阳了，阳光好得很。

唔，我答应一声。继续闭着眼睛，享受着这清晨的宁静。我知道，阳光已悄悄爬上我的眼帘。

很爱。这般的家常，才是滋养生命的源。

捧了被子，在窗台外的晾衣架上摊开。往左右邻舍看去，每家的阳台上，也都晾着被子。阳光真是无私，普照每一个生命。

把儿子的冬衣找出来，也晾到阳光下。我要收集且折叠起这些温暖，带给他。一个冬天，他将都是温暖的。

书房开阔，阳光无遮无挡地进来。在一盆蟹爪兰上歇脚。蟹爪兰的花骨朵，饱胀得像怀了孕的妇。阳光也去我的吊兰和玫瑰莲上串门，给它们戴上银光闪闪的银冠。一切事物沐着阳光，都是透亮透亮的，叫人欢喜。

谁不喜欢明亮呢！

做一个明亮的人，也赠这世界一份明亮，这是活着的最大价值了。

阳光让我坐不住，下午三点多出门去，我要去看最后的叶子。

　　换上一件小棉袄，脚步轻快，一路走一路看，阳光像些欢快的小虫子，到处爬。前些日子看到的一树华丽，已凋零了。我庆幸着，我收藏了它们最美的样子。你看，世上之事，好多的是等不得的，等着等着，就成萧条了。

　　沿河边一直往南走，河里船只往来频繁。我看水看船只。树木惹看的只剩下黄金树了，老远就看见那一树金黄。

　　遇见一个落日，大，红透了。我眼见着它慢慢滑下去，滑下去，天边一片绯红。天边一定有个海的。

　　还遇到蒲草。枯了，也是一片金黄。

女贞

二十五日

《仿佛多年前》是我五六年前写的。五六年间，电脑换过好几台了，一些旧作未作保存，无法再找寻。再版时，我只好一个字一个字重写。这个过程虽辛苦，但又收获颇多，我得以与从前的自己相遇，那时的我，有稚嫩，有不足，在从前并未觉得。

每个人的一生，其实都是在不断修正和完善自身，以期遇见一个更好的自己。

认识了女贞。

路边不知什么时候植有这种树。夏天它开细小密集的白花，一撮一撮的，在绿绿的叶子里，像害羞的小姑娘。香气却极浓郁，我一度误以为它是七里香。

到了秋天，它结出果子来。累累的，紫黑色的，密密地缀在一起，像蓝莓，让人有想摘下来尝一尝的欲望。故当我把它拍照上网时，一帮人追后面问，这什么果子？这么诱人，能吃吗？

曾在一寺庙见过一棵女贞树的，高大得很，须仰望，枝干被人摩挲得极光滑。很古老了。到底有多古，没人说得清。有说二百年的，有说三百年的，还有说五百年的。那时只觉得那女贞树有佛性，也未曾细看，竟不识它的真模样。

　　今日之人不识它的，怕是十之八九呢。它其实历史悠久，且来头不算小。传说在远古的鲁国，就有此树，那时它尚是无名植物之一。只因一位名叫"贞"的女子，因仰慕此树"负霜葱翠，振柯凌风"，"或树之于云堂，或植之于阶庭"，故后来人呼之为"女贞"。汉代司马相如在他的《上林赋》中，提及此树，有"欃檀木兰，豫章女贞"之句。清代沈涛在《瑟榭丛谈》里，赞美过它："女贞凌严冬，艳不数桃李。"这评价真够高的，是说女贞有坚贞之气。

　　女贞之果，药用价值颇高，可明目、乌发、补肝肾，还可益寿健体。有人研制出女贞子粥、女贞子枣茶，还有女贞子酒。极好操作的是女贞子茶：

　　茶叶 60 ～ 80 克，女贞子 10 ～ 20 克，干枣 10 ～ 20 克。三味分别烘干粉碎制成颗粒茶，沸水冲泡饮用。

　　功效是益寿健体。

　　嗯，人到中年，最想保养的，就是身体了。得空了，我要试上一试。

　　女贞的花语是，生命。

　　今日识它，三生有幸！

最烦
宴席

二 十 六 日

早上还在苏州，中午已在常州住下。

常州 24 中。一所不年轻的学校，我来，做一个作文大赛的评委。站二楼走廊上，可观隔壁天宁寺的佛塔。晨钟暮鼓悠悠，是养心之地。

古运河在它身侧。

最怕的事是陪人吃饭，或被人陪着吃饭。

一大堆的客套话。一大堆的吃饭礼节。位置的大小如何坐。酒得先拣什么人敬。菜得如何布。不时得搁下筷子，站起来受敬或敬人。菜的味道如何，舌尖上根本尝不出了，如嚼蜡。这哪里是吃饭，这分明是受刑。又相当浪费时间，一顿饭总要花去几个小时。

每遇这样的饭局，我都恨不得变成虫子飞走。我木偶般坐着，耳边声响沸沸，眼前的美食，勾不起一丝食欲。我就在脑子里背宋词：东池宴，初相见。朱粉不深匀，闲花淡淡春……

还是古人的宴席有趣，唱曲赋诗，有美人弹琴鼓瑟，往雅里面雅着。

今日之晚宴，诸色人等，席间谈笑宴宴。宴席完，我全部忘却，一个也记不起了。我背了两首词，苏东坡的《望江南》和周邦彦的《玉楼春》。我还读到一首好诗，韩文戈的《寂静》：

大清早，在自家的土炕上睁开眼
能听到，院子里的父母一边干活，一边轻声搭话。
能听到大喜鹊领着小喜鹊
往返于村庄与西山之间的翅膀声
河水笼着轻烟，悄悄绕过小村。

而当午后醒来，天地一片古意，季节幽深如一眼老井
岩村有着发自骨髓的寂静：
它们被椴树、厥、桑麻的枝叶紧紧含住。
当一个人失去了父母双亲
只有尘土落下，落下，埋住一年年的寂静。

我们该时时读点诗，让灵魂洁净温润。

健康成长比什么都重要

二十七日

梧桐叶子落在地上，绛红的叶子。地上铺着青色的面砖，天上下着毛毛雨。那叶子就贴在面砖上，像印上去似的。

我从那儿走过，舍不得踩它们。那么美！它们是开在地上的花朵。"情似雨余粘地絮"，——我想起这句诗。

孩子，你且慢慢长。这是我想对一个孩子说的。亲爱的，你且让你的孩子做个孩子。这是我想对一个家长说的。

又一届省中学生现场作文大赛。我是评委。这个家长带着孩子冲着大奖来了，但未能如愿，他的孩子排在 20 名特等奖外。他不服气，冲上台来，说他的孩子从 8 岁起就开始写作了，至今为止已出版了七八本书，有的还是英文版的。孩子今年 12 岁半，写作正突飞猛进着，这一年，他又写了五十万字。孩子这次的参赛文章写的是黑白二魔，他说他孩子写得棒极了，能得特等奖的特等奖。他孩子还过了钢琴五级。弹钢琴是练智力的嘛，他洋洋得意。临了他说，我相信我的孩子会走出中国，走向世界的。

我听得倒抽一口凉气，这孩子的人生，过早套上"光环"，过早被委以重任，他如何能承载其重？我承认天赋异禀是有的，但当这"异禀"被无限挖掘、利用，成为炫耀的一种，它所附丽着的生命，便会渐渐萎缩、干涸。这个孩子是没有童年、少年的，他也将失去他的青年，他会活在一堆虚幻里，不断地捧出"奇珍异宝"才能证实自己的存在。

然他，能写多久呢？一个与生活与乐趣脱了节的孩子，他到底能走多远？

这孩子的参赛文章我印象深，布局相当乱，他以黑白二魔死了做收尾，中间写得云里雾里，我们几个评委研究半天也没弄懂，这样的文章自然不能得大奖。

健康成长比什么都重要，对一个孩子来说。

阳光
之酒

二十八日

　　阳光太神奇了！我捧被子去阳台上晒时，看到阳光趴在我的花上、草上、藤榻上、藤桌上，它们睁着亮晶晶的眼睛，——我确信，阳光是有眼睛的。

　　花草们变得闪闪亮了。蟹爪兰的花朵儿，被阳光吻着，简直有些把持不住了。我盼望着从里面蹦出什么来。会蹦出什么来呢？会蹦出一个穿着粉色裙子、戴着黄绒帽的小姑娘么？藤榻上的老藤，被阳光摩挲得像面镜子。我想从里面找到它的前身。它曾在哪座山上，被怎样的风霜磨砺过？又曾被哪双手砍伐，编制成藤榻？它成了我日常相伴之物，这样的缘分，也是历经千山万水的，叫我如何不心生感激！

　　我在阳光下，读读书，发发呆，看阳光在我的膝上跳来跳去。人在阳光下，再多的情绪，也会被晾晒得松软。还是暂且抛开一切去，静静享用这琼浆佳酿吧，——阳光之酒，惹人醉。

宝钗是个好姑娘

二十九日

又读完《红楼梦》，我想为宝钗说几句话。

很多人不喜欢薛宝钗，给她贴的标签是：虚伪，圆滑，有心计，城府深，八面玲珑。

我也曾相当不喜，认为她小小年纪，就四平八稳着，不可爱。

我们都偏爱黛玉一些。黛玉无父无母无兄无姐，这样的孤苦伶仃，就狠博了一大把同情。况她的身子，又是那般娇弱，玻璃做的人儿，风吹吹欲倒，这又给她，加了不少分。人都有保护欲，都喜欢弱小的。这也就罢了。偏她又才高八斗，又不爱走老祖宗定下的路，离经叛道得很，这很得一众叛逆少年的心。宝玉把她引为同类，就是这个缘由。谁的青春里，没有叛逆过？哪怕有一千条光明大道摆在面前，我们也要专挑那一条幽暗的小路走。

等长到一定年纪，落入凡尘中来，才知道，真正的生活，靠的是一针一线，一鼎一镬。也才渐渐体味到宝钗的好。这是颗珠宝啊，是千里挑一的好姑娘啊，谁家生了这样的姑娘，那才真叫福气满盈。

她健康。用珠圆玉润来形容她，一点不为过。宝玉有次把她比作杨贵妃，她很不乐意。其实，她恼的不是宝玉的比喻，而是恼着宝玉当着黛玉等一干人的面，这么说她，黛玉都捂着嘴在偷乐了。她也有她的小心眼，这是可爱了。

　　她孝顺，是薛姨妈的小棉袄。她有个极不成器的哥哥，薛姨妈三番五次，被这个儿子气得吐血，幸得有宝钗一旁陪伴劝慰。家里诸事人等，也是宝钗一一调停妥当。宝钗有次当着黛玉的面，伏在薛姨妈怀里撒娇，薛姨妈抚着她的头，叹向黛玉道："你这姐姐，就和凤哥儿在老太太跟前一样，有了正经事就和她商量，没了事幸亏她开开我的心。我见了她这样，有多少愁不散的。"想她不过才十来岁一个女孩子，真是难得。

　　她有才华。诗书方面，不比黛玉读得少。作起诗来，有时跟黛玉难分伯仲，甚至有超越的。大观园一帮女孩子作柳絮诗，黛玉还是一贯的缠绵悲戚，湘云的情致妩媚，唯宝钗另辟蹊径，她说，"柳絮原是一件轻薄无根无绊的东西，然依我的主意，偏要把它说好了，才不落套。"于是，有了一首《临江仙》：

　　白玉堂前春解舞，东风卷得均匀。蜂团蝶阵乱纷纷。几曾随逝水，岂必委芳尘。

　　万缕千丝终不改，任他随聚随分。韶华休笑本无根，好风频借力，送我上青云！

　　湘云刚看前两句，就笑赞道："好一个'东风卷得均匀'！这一句就出人之上了。"待众人看完，都拍案叫绝，无不服叹。"好风频借力，送我上青云"，这里面暗藏着她的一颗闪闪发光的灵魂，她有气度，她豪爽豁达，不甘于沉沦。

她真是个矛盾体，一方面想挑战命运，一方面又恪守着传统。她远比黛玉要听话乖巧得多。这个听话，在我们今天看来，非常不好，我们用批封建的眼光，来批判她。可在她所处的那个年代，在她那样的出身，那就是社会通用的标准。一个正正经经标标准准的女孩子，又不好在哪里？社会进步了几百年，我们的评判标准也没高明到哪儿去。每个为人父母的，从孩子一出生起，就在着急，别输在起跑线上呀。假如家家都有个黛玉，弱不禁风也就算了，世道人情一点不通，家事物事万事不管，又不爱博取功名，理工科怕也是通不了，只爱弄些闲花弄月的小诗文，你说父母急不急？她将来靠什么来安身立命，这是个很现实的问题。

黛玉是有黛玉的好，才情高，心思纯，素朴纯良。这也是因她的特殊经历使然。她从小失母，后又失父，接受家庭教育极少。到了贾府里，贾家也只做到让她衣食无忧，并没有人真心待她，与她交心，跟她讲世道人情。宝玉待她好，好到如同待另一个自己，但这两个的好，是完全脱离世俗的好，到底是孤单无助的。所以，她倒是野生野长般的，全由着性子来了，又时时提防着这个世界对她的伤害。她看了《牡丹亭》《西厢记》等禁书，一次行酒令时，脱口说出其中的句子。宝钗留意到了，背着人时，对她有了一番推心置腹的谈话，只说得黛玉垂头吃茶，心下暗服，只有答应"是"的一字。可见得，她多么缺少人关爱，自然也就没接受多少禁忌和世道人情。

宝钗呢，大不同，且看她对黛玉说的一番话，就可从中一窥她的成长经历：

你当我是谁，我也是个淘气的。从小七八岁上也够个人缠的。我们家也算是个读书人家，祖父手里也爱藏书。先时人口多，姐妹兄弟都在一处，都怕看正经书。弟兄们也有爱诗的，也有爱词的，诸如这些"西厢""琵琶"以及《元人百种》，无所不有。他们是偷背着我们看，我们却也偷背着他们看。后来大人知道了，打的打，骂的骂，烧的烧，才丢开了。所以咱们女孩儿不认得字的倒好。男人们读书不明理，尚且不如不读书的好，何况你我。就连作诗写字等事，原不是你我分内之事，究竟也不是男人分内之事。男人们读书明理，辅国治民，这便好了。只是如今并不听见有这样的人，读了书倒更坏了。这是书误了他，可惜他也把书糟蹋了，所以竟不如耕种买卖，倒没有什么大害处。你我只该做些针黹纺织的事才是，偏又认得了字，既认得了字，不过拣那正经的看也罢了，最怕见了些杂书，移了性情，就不可救了。

我们都觉得宝钗说到最后，实在可厌，有腐败气息。可细细推想，在彼时彼地，宝钗的这番话，哪一句违背了常理？哪一句不是出自她的肺腑？她没有玩虚的，玩阴的，完全是发自真情，出自真心。

黛玉是何等样聪明玲珑之人？旁人轻易入不了她的法眼，但对宝钗，她后来交出了她的心，几乎是剖白了：

你素日待人，固然是极好的。然我最是个多心的人，只当你心里藏奸。从前日你说看杂书不好，又劝我那些好话，竟大感激你。往日竟是我错了，实在误到如今。细细算来，我母亲去世的早，又无姐妹兄弟，我长了今年十五岁，竟没一个人像你前日的话教导我……

如果宝钗果真是个有心计的姑娘，她大可不必善意提醒黛玉，跟黛玉说出那样一番真情实意的话来。让黛玉去当众出丑，这不正中下怀么！不要她出手，就让黛玉落下话柄，惹人指指点点，岂不更趁了心愿？黛玉后来一口一个"姐"地叫她，又拿她的娘，当自己的娘，很是享受了一段亲情时光。这皆拜宝钗所赐，是宝钗的大度、宽容和善良，焐暖了黛玉的心。

一个人再善于伪装，天长日久了，也会让人看出破绽来，然宝钗却无这样的破绽。退一万步说，纵使她是伪装的，然那与人无害，反倒让人受益，这样的伪装，又有何不好？香菱被薛蟠的新媳妇夏金桂不容，薛姨妈气恼之下，要卖掉香菱，是宝钗出手阻拦，让香菱跟了她。她对湘云，更是体贴到没话说。虽说湘云从小在贾母身边长大，然整个贾府，有谁替湘云想过，她跟着叔叔婶婶的不易？是宝钗，一次次送湘云温暖和慰藉。那么一个直性子的史大小姐，人前人后，对宝钗赞不绝口，说出这样一番掏心窝子的话：

我天天在家里想着，这些姐姐们再没一个比宝姐姐好的，可惜我们不是一个娘养的，我但凡有这么个亲姐姐，就是没了父母，也是没妨碍的。

对清贫困苦、自尊自爱的邢岫烟，宝钗竭尽所能相助，说出的话，句句暖到岫烟的心尖上：

你以后也不用白给那些人东西吃，他们尖刺让他们尖刺去，很听不过了，各人走开。倘或短了什么，你别存那小家儿女气，只管找我去。并不是作亲后方如此，你一来咱们就好的。便怕人闲话，你打发小丫头悄悄的和我说去就是了。

得知邢岫烟当了绵衣服，换了几吊盘缠，宝钗让小丫头把当票送来，说要悄悄去给她赎了回来，又在晚上，再悄悄给她送了去。一切都悄没声息无有痕迹，这种体谅体贴，该有怎样一颗七窍剔透心，才能做得到？她见邢岫烟佩了探春送的一个碧玉佩，笑着教导道：

但还有一句话你也要知道，这些妆饰原是出于大官富贵之家的小姐，你看我从头至脚可有这些富丽的闲妆？然七八年之先，我也是这样来的，如今一时比不得一时了，所以我都自己该省的就省了……咱们如今比不得他们了，总要一色从实守分为主，不比他们才是。

"不比他们"！这话真叫人敬重。不自轻，亦不攀比，只泰然着自己的拥有，数点着自己的日子。

有人又尖刻地指出了，说宝钗这是生性冷淡。你看哪，她居住的屋子，就跟雪洞似的，几无摆设。她又不喜在头上插花呀绢的，胭脂俗粉，也与她无缘。吃个药，也叫"冷香丸"，整个一冰美人。我替宝钗叫冤了，她的审美情趣，哪是一般人能懂的？她喜欢的是删繁就简，那种洁净清澈，才真的是从骨子里散发出来的优雅呢。她手执团扇扑蝴蝶，且扑且喜，娇憨动人，又哪里是一个生性冷淡的女孩子能做得出来的？

宝钗的好，她的丫头最有发言权，当宝玉由衷感叹，"明儿不知哪一个有福的消受你们主子奴才两个呢。"莺儿就笑道，"你还不知道，我们姑娘有几样世人都没有的好处呢，模样儿还在次。"——这真是个令人浮想联翩的话题，宝钗到底还有哪些世人都没有的好处呢？曹雪芹没有告诉我们，他给我们留了个悬念。曲终人不见，江山数峰青。

宝钗的女红，也十分了得。在一帮红楼女儿里，如果要排排队的话，她的位置，应该很靠前。晴雯算顶尖的。湘云算一个，跟着叔叔婶婶过，不得自由，要帮着做活计。探春给宝玉做过鞋子。鞋子的做工如何，不得而知。黛玉嘛，是最不擅针线的，她也不爱这个，一年的工夫，也只勉强做了一个香袋儿。宝钗做针线活，在书里好几处都写到，描写得最生动的一处是，那日她去看挨打受伤后的宝玉，袭人正在给宝玉扎肚兜，扎的是鸳鸯戏莲的花样，红莲绿叶，五色鸳鸯，活计鲜亮得让宝钗惊叹不已，驻足一旁，看得痴过去。后来袭人出去，她不由自主拿起针，代袭人刺起来。这是黛姑娘不可能做到的。这样的宝姑娘，很有女人味，实在可爱。

　　宝钗对颜色的搭配，也自有她的眼光。她的丫头莺儿，在颜色搭配上，怕是受了她的影响。宝玉央莺儿打个汗巾络子，莺儿就问，"什么颜色的。"宝玉说，"大红的。"莺儿立即道："大红的须是黑络子才好看，或是石青的才压的住颜色。"又道，"松花配桃红。"葱绿柳黄是她最爱的。至于花样儿，多得很，一柱香、朝天凳、象眼块、方胜、连环、梅花、柳叶。后来，宝钗建议宝玉，"倒不如打个络子把玉络上。"喜得宝玉拍手称是，又不知配什么颜色好。宝钗就说，"若用杂色断然使不得，大红又犯了色，黄的又不起眼，黑的又过暗。等我想个法儿：把那金线拿来，配着黑珠儿线，一根一根的拈上，打成络子，这才好看。"

　　这样的宝钗，出得厅堂入得厨房。只是安排她嫁给宝玉，实在让人意难平，活活牺牲了一个好姑娘啊。她本该有她的花好月圆，做她的贤妻良母，在她的小家屋檐下，儿孙满堂，安享一生，不该落得个曲终人散的。

一个快乐
的早晨

三十日

　　早晨的天空很干净。一棵合欢树，细细的枝条，配了稀松的叶，在晨光里的剪影，惹得我看了又看。世事万物所呈现之美，有时真叫人吃惊，那种简约澄澈，疏朗有致，恰到好处，纵有丹青难绘制。每每这时，我能做的，也只是毫不客气地笑纳，在人生的行囊里，又添上一份美。

　　太阳出来了，又是一个晴天。我又想到野地里去走走了，看看树上的叶，落光了没有。我希望还能照面几片，或红或黄，它们都往艳里头艳了去。人衰老的样子不好看，叶子恰恰相反，越老越风华绝代。

　　人活得像一片叶子才叫真风雅呢。我希望我是。我希望我的文字也是。

　　去吃早餐。小城的早餐丰富得很，又有特色，鱼汤面、鱼汤馄饨，又各色糕点、包子，豆浆，凤爪，再上一盘子拌干丝，干丝切得细细的，佐以姜丝、大蒜、花生。我和那人偶尔会来吃。窗边的位置很难抢到，往往跟别的人挤在里面。也好，每个人面前都香雾蒸腾的，这挤挤攘攘的热闹，我愿意沉溺。我们都是这俗世里的饮食男女。

　　一个女儿带着老父亲来吃早餐。老父亲看上去很拘谨，微驼着背，一顶绒帽子，歪戴在头上，皮肤黝黑。女儿一件风衣，很得体地穿着。头发微卷，披着。她把老父亲引到位子上坐了，说声，爸，你好好坐着，我去点餐。那老父亲点头"哦"一声，小心地坐了。女儿去点餐，他就一直坐在位子上不动，耐心等着。

他们的餐端上来，先是一笼小笼包，又一碗鱼汤馄饨，又一碗鱼汤面。老父亲说，浪费了，太多了，太多了。女儿声音稍稍提高，哪里多了？你就好好吃你的吧。说毕，把小笼包一只一只，全搛到老父亲的盘子里。

我盯着他们看半晌。这是一个快乐的早晨。这是十一月的最后一天。

我之所以那么热爱大自然，是不想让我浑朴的天真，受到一点点委屈。在大自然的怀抱中，它才能赤身裸体，无挡无碍，舒展有余地发出欢笑。

十二月
December

生 命 的 脉 络

月亮早早地跑出来了，像一把漂亮的银梳子。

十二月来了。

我在去年这一天的日记里，写下这样一段话：

阳台上的蟹爪兰，又打了满盆的花苞苞了。

真欢喜啊。

花怀孕了，且多子多孙哎。

我这样写的时候，神情一定是相当愉悦的。

我跑去阳台上看，蟹爪兰似乎就等着我去，它把去年的日子，一模一样地搬了来，对我说，你瞧，一切都在，一切都没有变。

那些饱满的花苞苞！

然我清楚地知道，时光已越过了几重山水。日月江河，都不是我的，也不是你的。我们只是这世上匆匆一过客。所以，不必贪求过多的拥有，一路之上的所遇所见，所享所用，都只是暂时的，终将被收走。

记录一下今天的天气：温暖。无风。阳光浩荡。

我晒了被子。又去看了看楼下那棵枫树。它一点儿也不着急，叶片慢慢儿变黄，再变红。像手艺挑剔的绣娘，每一针下去，都细细比画着端详着，慢工出细活的。我于是也备着十二分的耐心，等着看它最后的杰作。

随手翻徐志摩写的一篇文章，有一段话很有意思，让我会心一笑，引为同道中人：

　　只有你单身奔赴大自然的怀抱时，像一个裸体的小孩扑入他母亲的怀抱时，你才知道灵魂的愉快是怎样的，单是活着的快乐是怎样的，单就呼吸单就走道单就张眼看竖耳听的幸福是怎样的。因此你得严格的为己，极端的自私，只许你，体魄与性灵，与自然同在一个脉博里跳动，同在一个音波里起伏，同在一个神奇的宇宙里自得。我们浑朴的天真是像含羞草一样的娇柔，一经同伴的抵触，他就卷了起来，但在澄静的日光下，和风中，他的姿态是自然的，他的生活是无阻碍的。

　　我之所以那么热爱大自然，是不想让我浑朴的天真，受到一点点委屈。在大自然的怀抱中，它才能赤身裸体，无挡无碍，舒展有余地发出欢笑。

南天竹

三月

南天竹的果子美。一枝枝的红果子，大小均匀。称"粒"才合适，因为它小巧。似有巧手，用针线，一粒一粒穿起来的，穿成一串，再一串。可直接拿来当手链。红宝石比喻它，不大恰当。但我一时又找不到别的物来形容。一粒一粒，那么溜圆可爱，结结实实地红着。

暗夜里，我路过它，也还是被它的红吸引住了目光。它有鲜艳之美，纵黑暗亦挡不住。

我采了两枝带回。小区门卫见之，好奇，问，这红果子是什么？告诉他，它叫"南天竹"呀。这么说时，我很高兴，它又被一个人认识了。

家有收藏的酒瓶，像瓮。我把南天竹插进去，算是清供。酒瓶与南天竹都很满意，它们迅捷陷入热恋中。无论从哪个角度看过去，它们都是生来的好伴侣。太搭了！

那人回来，见之，愣住，细端详，冒出一句，真不赖。我也凑过去，跟他挨着头，欣赏酒瓶和南天竹。我们因此又多说了很多的废话，且为那些废话精神愉悦着。它们，当仁不让地成了我小屋里的一景，日子里的欢喜，就这么被我捡着了。

南天竹又名红杷子、天烛子、红枸子。喜"天烛子"这一名字。是老天给大地点上的小火烛呢。

三月

今天的阳光，如果给它打分，我要给它打一百分。

这样好的天，坐在家里，实在是暴殄天物了。且搁下那些所谓紧要的事，出门去，与大自然共呼吸，看看天，看看地，赏赏叶，寻寻花。我常把时间浪费在这些看似无用的事情上，我愿意。

出门前，收拾干净自己，拈点胭脂润了脸。只有明媚才配得上明媚。

路过一些树。叶子快掉光的树，枝条儿疏疏密密，甚是有味道。说不上什么味道，只觉得好。也不荒凉，也不寂寞。阳光在上面跳得欢呢。鸟儿在上面跳得欢呢。这一无遮挡的接纳，多好！

枫树不急，平时藏在一些绿植里，也不大显眼，这个季节，它一跃成为"名流"，富贵华丽，往那芳华晔晔里去。

也路过一些花，是月季花。花朵还很饱满，色泽亦很艳丽。它多能开啊！季节也奈何不了它。

路上遇到的人不多，我给天空拍照时，一个老人在我身边停下来，盯着我看。我也看他，他就笑了。后来我们一齐看天空。

天空好看，好看得让我吃惊，我似乎第一次见它如此。那蓝，极淡，淡得温柔。那云，又极松软，拿来织了绒帽子戴，应该顶合适吧。

一颗漂亮的夕阳，逗引得我追着它跑，直把它追到一条河里面去了。

回忆是顶捉不准的一件事。也许因一首歌。也许因一个相似的场景，一句相似的话语。也许因一个背影，一个举手弹眉的小动作。也许，什么也不曾发生。就像这会儿，我在阳光下坐着，风，或者说是时光，把我插在瓶子里的一朵天人菊，弄成了干花。小区里人声物语都是日常。有人午后带着孩子出来闲遛，那小孩子撒欢得像只小狗，就差再多生出两只蹄子才好。我想着先打个盹，然后精神十足去写点什么。

我的思绪突然无来由的，就奔去了乡下。提着猪草篮子的小丫头，在芦苇荡里，捡到麻雀蛋。心里真是欢喜，那麻雀蛋，回去清水里煮煮吃，是上等美味，又果了腹，又解了馋。清汤寡水的日子里，那算得上是奖赏了。

野花儿真多。一出门就是。沟边河畔田埂边，都是。不用出门，甚至也能看到。它们就在屋檐下开着，就在砖缝里开着，就在土墙上开着，就在茅屋顶上开着。小丫头是喜欢花的，她每天都要采很多，插在头上，缀在衣襟上，拿水碗或是罐头瓶养了。罐头瓶真是稀罕物呢，奶奶有。是来拜访奶奶的那些本家叔叔伯伯们送的。也不多，每年里，有那么一两回，他们来，提着罐头来。罐头是糖水梨的，或是糖水橘子的。好吃得不要不要的。奶奶舍不得吃，最后，大多数都偷偷给了小丫头吃。奶奶最疼小丫头。

　　空罐头瓶成了小丫头最珍贵的宝贝，她用来收藏石子、落叶、羽毛等杂七杂八的东西，也用来插花。一罐头瓶的花，摆在家神柜上，简陋的家，变得光彩照人。被生活重压压弯了腰少有笑脸的妈妈，出出进进的，看到家神柜上的一罐头野花时，她的脸上，也会掠过淡淡的一抹笑纹。小丫头偷偷观察过，妈妈笑了，她很开心。

　　小丫头还趴在地上，看蚂蚁搬家。她嫌蚂蚁跑得慢，自作主张地把一只在翻越土块，犹如翻越一座小山的小蚂蚁，送到一株棉花的高枝上去了。那只蚂蚁一下子离家"千万里"，有点惊慌失措。小丫头还捉蜻蜓，用棉线扣住蜻蜓的脖子。唉，可怜的蜻蜓，没办法飞了。村庄的炊烟升起，家里的小羊出来寻她。那小羊真是通人性呢，跟小丫头最好，一见到小丫头，就欢蹦乱跳地奔过来。一个小丫头和一只羊，走在回家的路上。通常这个时候，夕照满天。

　　我这么回忆的时候，很想抱抱那个小丫头了。她扼杀了多少麻雀的孩子呀，又让多少小蚂蚁流离失所，还有那可爱的小蜻蜓，它们那么无奈地被她捉住，失了自由。我原谅了她。那日子自有清苦中的芬芳，叫我如此想念。

　　我怎么就回忆起这些来了呢？皆因那单纯清澈的时光，回不去了吧。

冬日
即景

五日

我喜欢跟树木花草们一起虚度光阴。

这几日，都是暖阳。我在午后，铁定是做不了什么事的，我要出门去。

我惦念生态园里那一片琼花。我想看看冬天它们的叶子。

一路都是好风光。我的小城之好，在于它四季明朗，然又不过分泾渭分明。冬天里不是满目皆萧条，总有些花在开着，杜鹃、月季，还有些小野菊。有些草也还绿着，却又有茅花，顶着一头的白，站在一条河边，静默不语。鸟雀们在树木深处喧哗得厉害，它们不用背井离乡南迁，在这里，可以安然越冬。

我如愿见到琼花。叶子有变红的，有变黄的，有青色的，斑斓得像油画。我把它们捉进我的镜头，每一幅都能直接裱了，挂墙上当装饰画。

遇到一树燃得沸沸的枫叶。一对老夫妇绕着它转。老先生举着相机，让老妇人站过去，跟枫树合个影。老妇人见我在看她，有些不好意思，说，不拍了吧不拍了。我笑笑，走开去。回头，看到老妇人正偎着那一枝儿红叶，笑得满脸生辉。

遇见夕阳。像一只吹足了气的大红气球。我待在湖边，从芦苇丛中看它。我以为它会飘落下来。它当然没有，只留给湖水一道靓丽的背影。

它慢慢小下去，最后，成了一颗糖果，甜蜜地化了。

一直买红心柚子吃，汁多，酸甜，很合我的意。所以买柚子，我只买红心的。

今日路过水果摊，看到一堆新到的柚子，不倒翁似的挤在一起。我受了勾引，停下来，瞟一眼，问摊主，是红心的还是白心的？

摊主回，水晶心的。

我笑了，这叫法有趣，动人，由不得多看她两眼。粗黑的一女人，眼睛亮，我霎时对她产生好感。眼睛亮的女人，多半心地纯洁。尽管这样，我还是只相信红心的。抬脚走，边说，红心的才好吃呢。

女人在后面叫，大妹子，我这水晶心的，你吃了才知道，不信，我劈一个你尝尝，你买不买都没关系。

话已说到这份上，我倒不好走了，更兼她一声大妹子。我退回去，眼看着她劈开一只来，白心的！我心想着，我尝一下，反正我不会买的。

结果是，我被我之前的固执给颠覆了！我真没吃过比这更好吃的柚子，鲜嫩，饱满，香甜，皮又薄得很。

我买几只提手上，欢喜地想，这遇见水晶心的柚子，也算美好的一种。如同识人。我们总是先入为主，带着主观臆断去看待人。事实上，有些人，不是你所想象的那么不堪交往。深入之后，你会发现，他就像一只水晶心的柚子，内里藏着无限的智慧与芬芳。

采得一枝
枫叶归

七日

　　在阳台上洗衣，随意往楼下瞟一眼，看到楼下的那棵枫树，颜色又比昨日深了些。它是慢慢在上妆，慢慢打着腮红，画着红唇，它陶醉在它的芳华里。

　　枫树下突然有个人影一闪，我好奇了，索性不洗衣了，靠着窗，看那人做什么。密密的枝叶遮住那人的上半身，只看到那人的蓝衣裳的一角。他是踮着脚尖的，向上、向上。我猜测或许是个有情趣的老先生，禁不起这一树绚丽的招引，他许是用手机给它拍照。又或是在赏观叶子上的脉络，那血管一样的生命流向，很值得细细把玩。

　　我等着他从树下走出来，想着以后若在小区里遇见了，我一定要主动跟他打声招呼。因他爱着我的爱。那人影忽然一闪，真的从那密密的枝叶间钻了出来，我哑然失笑，"他"竟是个青年女子，女子手上执着一枝火红的枫叶。她原是为寻一枝最好看的攀折下来。

　　女子可能感应到什么，她抬头朝我看过来，似乎有些难为情了，把那枝枫叶，往怀里拢了拢，急急的，转过一幢楼的墙角去了。

　　我终于笑起来，想她"偷"的有趣，这枝枫叶，将插在她的小屋里，她每看一回，心里定乐一回。对枫叶来说，也算是得遇知己呢。

　　包饺子。青菜剁碎了，猪肉剁碎了，虾肉剁碎了，摊几张蛋皮，剁碎了。又木耳、粉丝悉数剁碎了。又生姜、葱，剁碎了。肉末下锅，油炝。其余食料加盐、酱油、醋，和肉末一起调拌，再打几只鸡蛋进去。饺子馅儿成了。

　　日子如此活色生香。

　　日子就派这么活色生香的。

　　看一个辟谷减肥的妹子，日夜为吃与不吃纠结着。好不容易坚持一个星期，出来后，啥都想吃，心理上却有暗影了，认为吃就是对自己的犯罪，搞得憔悴不堪。我实在忍不住了，对她发声，我说，妹子，人生唯文字和美食不可辜负，只要不过于肥胖，没必要折磨自己。顺应身体的需求，就像花儿吸食露珠。

　　说完后，我觉得我的说法有问题，人生又岂止文字和美食不可辜负？生命中的拥有，皆不可辜负才是。

　　黄昏散步，遇几小朵车轴草的花，花小小的，眉眼儿微皱着，很倔强的样子。还有几棵榆树，细密的小小的黄叶子，像镶着小金属片子。还有一种松，叶子乱蓬蓬地红起来，不修边幅，却好看，好看得要命。也时见一棵两棵六角枫，夺目着。

　　枫树下的石凳上，共坐着一老妇和一老先生，他们脸对着脸，热烈地在说着什么。他们挨得那么近，看向对方的眼神，又专注又认真。我想着，那是爱的一种。他们一定很相爱。

　　河里有小舟，舟上有人在撒网打鱼。河水青碧碧的，浩荡着。我等着他拉上网来，看网里有没有鱼。鱼没有，有蜗螺、水草和杂七杂八的东西。他捡拾掉那些杂物，再次撒网下去。水疼痛地叫了一声，哗啦，四散开去。

　　银杏树的叶子全掉光了，枝条疏朗，它的每一个脉络都看得真真的。还闻见桂花香，时不时地，从哪里跳出来，惊我一惊，咦！桂花还在开着么！

　　听鸟鸣声无数粒，粒粒都像银豆儿似的，叮当着。又目送一颗夕阳，从树隙间，渐渐跑向一排房子后头去了。我捡了几片枫叶，留着夹在书里做书签。

　　月亮早早地跑出来了，像一把漂亮的银梳子。

深夜宁静

九日

很少一个人走夜路，我都快忘掉深夜宁静的模样了。

今日跟两个友人小聚。一家小餐厅，随意点两个小菜，喝了点咖啡，杂七杂八说了一车轱辘的话，直到餐厅打烊。又转到餐厅大堂去说话，在灯光迷离的一角。三个女人就那么叽里咕噜半天。所聊都是些什么呢？——厨房里的水煮鱼片和清蒸草鸡，新学会的菜。屋门前不知什么地方跑来的小野菊和一串红，沸沸的，开了一片了。单位门口新添了煎饼摊子，十五块钱的煎饼里，包了鸭肉，香极了。家里爱喝酒的那个人，唉，常醉呀。儿子似乎恋爱了。脸上新现出的斑点，听说有去斑的呀。好呀好呀，我陪你去。沿路多了几棵开花的树……

女人的话，就是多。从厨房，到外面世界。从男人，到孩子。哪一样都不能缺，哪一样都是女人的爱。

约好下次再聚的时间。夜已深了，各自回家。我一个人慢慢向北走，她们两个骑着电瓶车往南。街道静了，一些店铺还有灯光，然声音早已敛了。偶有车驶过，也是寂静的。路边树上零星的叶子，被风拨弄的声音，很响，欤欤欤的，有挣扎的意思，似在说，不要啊，不要啊！

月亮真透亮清澈。像半朵花。像什么花呢？我想了想，它像婺源的山上开的油茶花。用它做个发簪应不错。天上再无一物。

我就这样一路走，一路仰头望，看它跟着我走。它仿佛是我的，我又是这个世界的。很奇妙。

　　进我的小区，所有的窗口，都闭了灯光，只有油茶花一般的月亮，挂在楼顶上。夜实在是深了。

阳台上的
蟹爪兰

十日

蟹爪兰开花了，也没和谁商量，它说开就开了。

我有点欢喜，又有点生气，不像话，你该广而告之的嘛。

十多年了，我都不记得是怎么带回它的。以我的粗枝大叶随遇而安的性情，它能存活这么长时间，真是奇迹。其间，它几回枯死过，后又自动复活，我也不去管它，由着它的性子忽冷忽热的。

也曾带过别的蟹爪兰回来长，我是想搞出一个蟹爪兰的花廊来的，——既然它这么好长，这么爱自作主张，别的蟹爪兰也应该效仿。

然我再没成功过，那些捧回来的蟹爪兰，原本也是精神抖擞的，在开过一茬花后，渐渐萎了。想不通！唯这盆，像个长寿星，历练得仙风道骨不坏身了。入夏时，叶片透亮新嫩得如同小孩子的肌肤。到秋冬，叶子有了些皱纹，花苞苞却开始往外吐，一日一日饱满、膨胀，最后，当是"嘭"的一下，从里面跳出个穿红裙子的小姑娘来。

它简直跟个妖精似的。

夜晚的天空也漂亮，像开满了蟹爪兰。一枚不甚圆满却温润盈盈的月亮，被那些花朵儿一样的云朵托举着，像孵着的一枚鹅蛋。我确信，夜半，当我们都睡着了，一只白天鹅会从里面飞出来。可能会飞到一些人的梦里面，也可能不会。这一切，我阳台上的蟹爪兰会看得见，它没有睡。

如果一颗心是花草的样子

十一日

　　心情不好的话，看看花就好了。

　　有一会儿想哭，好想哭来着。又拔掉了一颗牙，这是第三次拔牙。因要等着伤口长起来，暂未补牙。我就那么缺着一颗牙，不想出门，心烦意乱。偏那人又不解我意，就某事和我争执。好吧，我们吵了。

　　我把自己关进书房，本想好好生气来着。一朵蟹爪兰，在我电脑旁耍杂技，头朝底，脚朝上，红红的裙摆张开着，而且是件蛋糕裙，丝质般柔滑的。我都猜到这个"小姑娘"在暗暗窃笑，在我跟前又得意又显摆。我看着看着，也笑了。

　　勿忘我持久地举着星星点点的浅紫，站在我的一只雕花木头瓶子里，巧笑倩兮。还有玫瑰莲，搁在窗台边，我也不大管它，它自个儿地长，从一寸高，长至快一尺高了吧，头上顶一朵貌似玫瑰的"莲花"，也跟耍杂技似的。又滴水观音的叶片儿上，盛满阳光，那上面似乎能养条小金鱼。

　　我这么看着它们，觉得很不好意思生气了。生什么气呢！你看，花开得这么好！

　　在抽屉里乱翻，刚好看到从报上剪下来的一些文章，也都是写花的。老舍的话说得最得我心：

　　　我只把养花当作生活中的一种乐趣，花开得大小好坏都不计较，只要开花，我就高兴。

还有一个作者写得也好：

如果一颗心是花草的样子，她自然会找到自己的土壤和气候，把自己轻轻放下，再轻轻绽放，把整个人间都安放在自己的花香里。

真好，如果一颗心是花草的样子，哪会有怨愤嗔怒呢！

厨房里传来烹饪之声，知那人在忙活着。我走去看，那人说，洗手去吧，快吃饭了。

哦。我答应一声，笑眯眯的。

嗯，餐桌上的瓶子里，一枝康乃馨开好久了。听说外面的蜡梅开了，什么时候带一枝回来插。

水箱里的鱼

十二日

去参观杨博士的一个养鱼场，在海边。有几千亩之大。

杨博士在美多年，说是掌握了世界上最先进的养鱼技术。他携了技术回来，是被政府当外商引荐的。

养鱼场不是露天的，而是搭了钢板屋，让鱼们住着。

鱼也不是养在水塘里，或是池子里的，而是养在塑料水箱里。一水箱里，拥有着数千乃至上万条鱼。鱼生存所需的各项指标，全是电脑实时操控。缺氧了，就赶紧加氧。温度低了，就赶紧升温。水在水箱里自动循环往复，昼夜不息。

我进去，里面不见天日。用电筒的光，照了照，看见水箱里面有数条尾巴在动。我脱口道，这些鱼是一天的天日也见不着啊。心里面还想了一些，它们不知道太阳，不知道月亮，不知道风，不知道雨。

杨博士展望鱼的前程。啊，五百平的地方，一年能赚六百万，他告诉我。

哦，我点头。我的眼前，却晃过从前的小溪流。还有屋前的小池塘。碧水清清，小鱼儿在里面快乐地游弋着，蹦跳着。波面上，一片光影掠过，如跌碎了一池的阳光。

你的牙
我的牙

十三日

喂，您是朱某某吗？哦，您好。您的牙到了，您什么时候来一趟呀。好，最好中午来，中午不忙。

喂，您好。戴老板，不好意思，您的牙还在厂子里呢。啊，您很急？我也急呀，我一天都追好几趟的。您且耐心点儿，您的牙应该这两天就有了。

喂，钱奶奶好啊，您老的牙都搁这儿一个星期了。哦，您又没空啊。好吧，您有空就来吧。

这是在医院的牙科门诊。满耳听到的全是您的牙我的牙，我听着听着，就笑了。若是换成你的手我的手，你的脚我的脚，你的耳朵我的耳朵，或别个的什么，似乎都很恐怖。唯独这你的牙我的牙，是可以单独满世界溜达的。

一个老人在纠结于装什么牙。牙医给出的是选择题，要便宜的，还是贵的？便宜的材料简单，贵的么，使用寿命会长一些，材质也好一些的。牙医取出样品摆到老人跟前，各种色泽和质地的牙齿，摆了半张桌子，琳琅满目。老人看看这个，摸摸那个，最后下定决心，说，还是装个最简单的吧，能吃就行，我也过不了几年了，不浪费钱。

牙医愣了下，笑笑说，行，老人家，您尽管放心，虽是便宜的，但一定不会影响您使用的，你会吃嘛嘛香，用个二十年，肯定没问题。

老人开心地笑了，笑得满脸褶皱全都堆到一起。老人今年80岁。

我想给那个牙医献朵花。

尼加
拉蓝

十四日

　　晚上出门的好处是，温柔。一切温柔得能掐出水来。

　　即便是这么凛冽的天。是的，风很有点凛冽了。即便这样，一切看上去，也还是温柔的。夜色弥漫着，不是那种漆黑的，而是朦胧的，被水晕染开来的。道路、房屋、灯光、行人，也都罩上了朦胧色，一副有情有义的样子。仰头，可以见到天空，云被风吹到一边去了，像只巨鳄张着大嘴巴，然给人的感觉又不是凶猛的，倒像是在打呵欠。它困了呢，要睡了。另一边的天空，铺着厚厚的蓝，是一种尼加拉蓝。

　　也是今日得知，有一种蓝，叫"尼加拉蓝"。电视里，几个模特穿着一身尼加拉蓝的衣裙，款款走在舞台上，像一湖的水在荡。我查了一下这名字的由来，原来因它像极尼加拉大瀑布，故以此相称。当时并未觉得这叫法有多贴切，这会儿看夜晚的天空，倒是再形象不过了，那冷静的厚厚的蓝，岂不如瀑布一般？

　　月亮从"瀑布"里，探出了半张脸，橙黄的。还有另半张脸，是慢慢儿浮出来的。似乎在用瀑布擦拭。等它的一张脸，完完全全还原了，那脸蛋就光洁得能当镜子照了。我在这面镜子的照耀下，一路走着，一路想着什么，想着想着笑起来，也不知笑什么。

荷一样安
静的时光

十五日

抄诗，洛夫的《众荷喧哗》：

众荷喧哗

而你是挨我最近

最静，最最温婉的一朵

要看，就看荷去吧

我就喜欢看你撑着一把碧油伞

从水中升起

我向池心

轻轻扔过去一拉石子

你的脸

便哗然红了起来

惊起的　一只水鸟

如火焰般掠过对岸的柳枝

再靠近一些

只要再靠我近一点

便可听到

水珠在你掌心滴溜溜地转

你是喧哗的荷池中
一朵最最安静的夕阳
蝉鸣依旧
依旧如你独立众荷中时的寂寂

我走了，走了一半又停住
等你
等你轻声唤我

读它，唇齿清香，仿佛咬了一口桂花糖藕。

想起初恋时光。素颜。麻花辫。草花编的花环。白凉鞋。还有一树的蝉鸣，哗啦啦如流水。树影子摇摇晃晃，摇摇晃晃，在一个人的眉宇间。他不说话。她不说话。彼此悄悄望上一眼，也够咀嚼一辈子似的。

最终却没有走到一起。那年的一个冬夜，她亲手烧去很多书信。那晚的月亮，如同今晚，刚升起的时候，像一个红红的大气球，在东边天上，慢悠悠地飘呀飘呀。

　　没有人唤她。没有人知道她的痛。她手脚冰凉地回到屋里，用暖水瓶焐了许久，才回过神来。

　　回忆这些的时候，是微笑着的。那荷一样安静的恋爱，那荷一样安静的时光，令人怀念。因为路过一池的芳菲，再多的雨，也忽略不计了。

买快乐

十六日

　　逢到一个卖鱼的，卖的竟是现在少见到的小鱼，过去我们叫它"小踩鱼"。小，一指长而已，全身银白。它在水里面喜欢吐泡泡，活泼畅快，老像踩着水在跳舞，也许这就是它名字的由来吧。

　　我们蹲在桥码（倚水而搭的搭脚之物）上洗碗，在碗上蒙上一层塑料纸，上面掏个小洞。碗里的玉米粥渣子，被水稀释了，四散游开去，逗引得这些小鱼，一个个钻进小洞里来，争抢着那些渣渣，唼喋有声。等碗差不多满了，我们把碗端离水面，一碗的小鱼，就成了俘虏。中午的下饭菜就有了，咸菜炖小鱼。小鱼好吃，咸菜也好吃。

　　欣喜于这么多年了，居然还能相遇到曾经的气息。我们对这个卖鱼的，一下子亲切得如故知，彼此聊得很开心。他说他有渔船，每天做的事，也就是捞鱼。全是野河里的鱼，绝对的野生野长。我们欢喜地点头，一个劲儿点头，买下他篓子里剩下的鱼，互留电话号码，相约了，以后若有这样的鱼，一定要给我们留点儿。

　　提着这样的鱼回家，心里快乐得不得了。我们把这叫作"买快乐"。

　　晚上，那人用咸菜烧小鱼。我吃了将近一盘子，感觉自己已胖得像只冬眠的熊了。胖就胖吧，美食当前，不可辜负。何况，是这童年的味道！我为自己的贪吃找着借口，一边跟那人商量着，下次给那卖鱼人带件御寒的大衣去。那人惊讶，太好了，我才想到这事，你就提出来了。我们都看到那卖鱼人穿得单薄。这真令我高兴，多年夫妻成一人，我们是。

好吧，胖胖的"小熊"外出消食。我们一路沿着河边漫步，一个大大的圆圆的红月亮，悄没声息的，从一片林子后冒了出来。那人说像只新烤的烧饼。我看着像盏红灯笼。哎，我们的眼光多么不同，然不妨碍我们看着这个大月亮，都兴高采烈的，恨不得为它举杯，喝上一杯才好啊。

万物原都是
太阳的孩子

十七日

　　我把每个晴和的黄昏，都当作是上天的恩赐。

　　这样的黄昏，有奇妙无比的云彩，像一群舞姿优美的女孩子，随意一个动作，都叫人着迷。艳红的夕阳，欢快的鸟鸣，还有那些随风轻摆的茅花，这一切，与冬日的黄昏多么般配。

　　我又追着一个滚圆的落日走。

　　它永远比我走得快。它很快走过一棵树，又走过一棵树。越过一片水，又一片水。它在洁白的茅花上，洒下点点金粉。我忍不住伸手去摸，我的手指，似也沾上金粉了。

　　然后，我惊呆在一个湖边。我看到夕阳的卵，密匝匝地砸下来，像下着一场密集的橘红的雨，雨点儿一路砸向湖里去，湖水瞬间被染得通红。哦，天，夕阳把卵产在湖里！会孵化出小鱼还是小虾呢？那些螺蛳，也是它的卵孵化出来的吗？甚至那些水草，来年夏天的那些荷和莲花，都是么？

　　万物原都是太阳的孩子。

一炉火

十八日

出门办事，打不到车，就坐了辆三轮车。

踏三轮车的是个约莫五十多岁的男人，一路上跟我诉苦，日子艰难的种种，上有老下有小，都得他负担着。而钱又不好赚，还要经常受到交警的处罚。

我不知拿什么话安慰他，只能以"哦，是吗"，这简洁的字眼，来表明，我在听着，认真听着。

他说了一路，我便"哦，是吗"一路。

下车时，我把钱递给他。他对我展露出一个感激的笑，他说，谢谢你啊。

他谢我的，当是我的倾听。

刘亮程曾写下这样的话："落在一个人一生中的雪，我们不能全部看见。每个人都在自己的生命中，孤独地过冬。我们帮不了谁。我的一小炉火，对这个贫寒一生的人来说，显然杯水车薪。他的寒冷太巨大。"

刘亮程说的，似乎有道理。然而，我们有着一炉火，总好过什么也没有的。那么，就送出这一炉火吧。也许，对一些人来说，他所求并不多，只要这一炉火的温暖，也就能稍稍暖和一下他的身子。就像这个三轮车夫，我虽不能给予更多，但我能做到倾听。这倾听，在他，就是一炉火。虽没有给他带来实质性的帮助，却能让他的灵魂，得到片刻的舒缓。

生活再多的艰难，一个人也能扛了，而憋在心里的话，却不知向谁说去。这才是最折磨人的事。

生活
之一种

十九日

　　一个在北京打工的孩子，拖着他的全部行李，奔了我来。

　　孩子的经历有点特殊，小时被姑姑家抱养，亲生父母又生下小弟小妹，与他关系疏远。年少时叛逆顽劣，待到醒悟时，初中已读完了，没能考上高中。姑姑家生活困难，且姑父姑姑年纪已大，又体弱多病，他便独自外出打工，想挣笔钱，让姑父姑姑过上好一点的日子。几经辗转，到了北京，栖身在一家火锅店里。却一直被实习着，没有工资拿。

　　这孩子偶然间读到我的书，被我书中的快乐所鼓舞所激励着。他找到我的微博，在后台留言，对我讲述他的故事，说亲生父母对他的冷血和无情。我心疼，他比我的儿子还小呵！我于是母爱泛滥，给他回复：

　　宝贝，不去多想那些不快乐。想想姑姑姑父是爱你的，那就够了。爸妈的事，暂搁一边吧，毕竟没有共同生活过，感情上是有疏离的。有时我们得原谅人性的弱点，努力让自己变得强大起来。在火锅店打工，其实也能学到东西的，每天你要接触各种调料呀菜蔬呀酒水呀，每天要迎来送往不同的客人，这也是生活之一种呢。你也只是暂时在那里，不会永远做着实习生，等积攒了一些钱，想想自己喜欢做什么，给自己一个职业规划，然后，朝着那个方向去。不足的，去弥补，去学习。各行各业，缺的不是人，而是人才。只要你肯努力，肯钻研，让自己成为一个"人才"，到时，你所苦恼的人生无意义之类的，也会烟消云散了的。

宝贝，别泄气，也别着急，你还年轻得很，有的是年轻做资本。挤出点滴时间读书学习，你并不知道哪些知识对你有用，但，书读进去了，总没有害处。谁知道播下一颗种子，会开出什么花呢？咱播着就是了，总有花会开的。有机会来我这里，我带你吃好吃的。

　　我没想到，这孩子竟真的立即辞了工作，拖着他的全部行李，奔我而来。

　　因下午有场讲座，跟他见面也只是匆匆的。知他没吃早饭，我找了一包饼干让他临时垫垫肚子。又带他去吃午饭，愁着怎么安置他。幸好遇见图书馆的沈馆长，托他帮忙，给这孩子找份包吃包住的工作，沈馆长爽快答应。我讲座完了，一直惦记着这孩子有没有安置下来。微博上询问，这孩子很快回复，已安置下来了，且发来一张收拾好的床铺图。

　　很开心，这个孩子暂时食有所食，居有所居了。但愿他今后所遇皆好人，但愿他也努力做一个好人。

它就是天空
的小心脏

二十日

额发中，又发现两根白头发，通体透亮。拔去。像拂去两粒尘一样。也没有伤感。人上了年纪，或到了一定年纪，知道跟岁月和解了。不去恼恨，不去抗争。有什么好抗争的呢！顺应自然，乃是最好的活法。

那人每日下班归来，直奔厨房。他做什么我吃什么，不挑。他渐渐地喜欢上厨房，能炒上几个菜，也会烧鱼了。

今日，他提一小袋的河虾回家，举袋，喜滋滋对我说，你看，野生的，肯定超级好吃。

我笑了。我在他的喜滋滋里，看到幸福的模样。我们做着饮食男女，我们在饮食里亲密无间。

看萧红的《生死场》，好似有一个大大的血洞敞着，往外汩汩地冒着黑的血。

王婆，金枝，麻面婆，五姑姑的姐姐，月英……每一个女性身上，都有着那么多压抑的苦楚和血泪。

"月英是打鱼村最美丽的女人。她家也最穷，和李二婶子隔壁住着。她是如此温和，从不听她高声笑过，或是高声吵嚷。生就的一对多情的眼睛，每个人接触她的眼光，好比落到棉绒中那样愉快和温暖。"

上天赐给这个女人的美丽也是白搭了，她嫁到一个最穷的人家。贫贱夫妻百事哀，想她又能得到多少的爱意和温暖呢！这样一个美丽的女人，从不高声笑，也不高声吵嚷，在那个"人和动物一样忙着生，忙着死"的乡村，是很不正常的了，她心里该蓄着多少苦痛？想日子就这样暗哑着过，挣扎着也总能往前走上一程，她会生一堆娃娃，泡在苦水里苦熬。然上天连苦熬的机会都没给她，她瘫痪了，男人的穷凶极恶，加速了她的枯萎，她最后变成了一具骷髅："她的腿像一双白色的竹竿平行着伸在前面。她的骨架在炕上正确地做成一个直角，这完全用线条组成的人形，只有头阔大些，头在身上仿佛是一个灯笼挂在杆头。"

她死了，被葬在荒山下。一个美丽的女人的一生，就这么，匆匆完结了。

晚上去体育场走了几圈。因天寒，操场上人不多，天地就变得很阔大起来。操场边的杨树，叶子业已掉光，那些光秃着的枝丫，在黑夜里看过去，很是干净清爽，坦坦荡荡。一棵树有了坦荡，就如同一个人有了坦荡一样，无端叫人生着敬意。

天空亦是干净的，坦坦荡荡的。星星只有一颗，亮得很，像谁遗落的一颗红宝石。或者可以这么说，它就是天空的小心脏。

冬至日

二十一日

冬至日。大冬大似年。家乡风俗，有大冬吃汤圆之惯例。

从前在老家，祖父母都在，这样的节气，必是隆重得很。我们小孩子更高兴的是，有汤圆可吃，那是我们认为的美食。一年里能吃上美食的日子，屈指可数，从新年算起，春节算一个。端午节算一个。中元节算一个。中秋节算一个。剩下的，就是这过冬了，也就是冬至日。

先一天晚上，晚饭过后，碗筷都收拾完了，厨房里还氤氲着玉米稀饭的味道，小桌上，已搁着一只匾子了。打好的糯米粉，雪白雪白的，堆在里面，像小雪堆儿。祖母和母亲两个人，就着匾子，麻利地搓着汤圆。我们兄妹几个，跳进跳出，不知怎么表示快乐才好。昏黄的灯光，照着祖母和母亲的脸，她们的脸上，现出月光般的温柔色。日子真是安详，万事万物，无一样不好。

而今，祖母走了已十年了。祖父也走了八年了。父亲去了淮安大弟那里带小孩，母亲一人在家。电话她，妈，今天要吃汤圆哦。母亲恍恍地笑，啊，汤圆。一个人吃什么汤圆啊，我煮了点粥喝。

不是给你买了现成的放冰箱么，你下点吃嘛。我说。

一个人吃什么汤圆啊。我妈语气幽幽的。可能她怕我不高兴，随即笑了，说，哦，吃呢，我吃呢，一会儿就去下汤圆。

心下恻恻，曾经的繁茂，终零落成这样。

　　菜市场上有现做的汤圆卖,那人一早去买,芝麻馅的。我们一人下一碗,那人说,卖汤圆的说,这个现做的,要比超市里卖的好吃得多。

　　我应一声,唔。咬一口,一嘴的芝麻香。

　　外面下着雨。这个冬至日,一切都不似从前了。幸好还有汤圆在,可以暖胃暖记忆。

二十二日

与一座山相遇。

山叫"云山"。在萧山。

初入这个城市，看离天黑尚早，也便换了双平底鞋出门，本打算只在街上随便走走就回的。然走着走着，就忘了回头。

顺着一条河走下去，河边多树木。在江北早已掉光叶的树，在这里，还呈现出秋天的富丽堂皇，一树的金黄，或是一树的火红。遇到卖柑橘的。遇到卖小饰品的。遇到卖竹器的。我在那里停留了好一会儿，看摊主——一个中年男人，用刀削一块竹片，削成细细的竹条，把它编成小篮子。摊头上，已搁着好些那样的小篮子了。还有几只做好的笔筒，不插笔，就插几枝小野花进去，比如一年蓬，当最配。我似乎看到一排竹子，枝叶沙沙地站在山上，风也吹过，霜也打过。不知为何，心里很欢喜，又很感动。谁还在意这些手工做成的篮子和笔筒？但我想，总有人在意，不然，这个男人也不会摆出这个摊子，他更是以它来养家糊口的吧。这世上，每一个存在，都各有其存在的理由。

忽然看到山。像一根青色飘带，荡在一些建筑的边上。大喜，直奔过去，有入口，称之"云山"。

沿石级上山。枫树还在红着。黄金树还在黄着。很多别的树，都还是绿的。我一边走，一边想着，登山之趣，在我，是能遇见一些树，遇见一些花，遇见一些鸟。因为是在山上，它们更有着自由的性灵，想怎么生长，就怎么生长。想怎么歌唱，就怎么歌唱。

　　花自然是有的，是茶树开的花。小朵的白，很秀气。鸟自然是多的，在树丛里，唱着它们的歌。

　　也听不到别的声响。一座山，静静卧着，它就在红尘之中，就在喧闹里。仿佛彩盘中的一青螺，自有着它的清静澄碧。

大地安好

二十三日

早起，入住的酒店旁有个小公园，我跑去锻炼。

一拨老人在舞扇子，音箱里放的是越剧。还有一拨老人在练气功，一招一式，舒缓有致。

我在那里，一边慢跑，一边看他们，也看树，也看花。这是很真切的活，这一时，这一刻，大地安好，天空安好。

有两棵石楠树，太茂盛了，吓到我了。我只见过盆景般的，没见过这么高大俊朗的。它们称得上富态丰腴。蓬勃的枝叶间，镶着一撮撮艳艳的红果果，红玛瑙般的。它们是珠宝插满头。真是富丽！

认识了海枣树，我一直误把它当椰子树。它也不曾生过气。植物比人要大度多了。

粉色的茶花，成片在开。还有波斯菊和三色堇，还有格桑花。也有桂花的香气，不时跑过来凑趣儿。我有点恍惚，这江南的冬天，有点不像话，它根本没拿出冬天的样子，真是胡闹。唉，却又叫人这么喜欢。

太阳从一幢楼房后爬上来，红着张脸。树木花朵的脸，不知怎的，也跟着红起来。似乎发生了什么事，令它们特别不好意思起来。

我走过两个老人身边，听到他们在聊。

今天是个大晴天啊。一个说。

是啊，这么个大太阳。另一个答。

　　我笑了。这琐碎的废话，岂不是我们日日都能遇见的小欢喜？我们
在这样的琐碎和唠叨里，安然度日，心宽体胖。

我期待着
每一场相遇

二十四日

四季海棠又名四季秋海棠、蚬肉海棠，原产印度。

这是很得人心的一种花卉，花期长是一方面原因。色泽之美，是另一个重要的原因。花有橙红、桃红、粉红、莹白等等，不管春夏秋冬，它都能一如既往，初心不改地捧出好颜色来。叶也极美，如打了蜡似的，绿得发亮。

冬至已过，别的花早就萎了，只有它，还在兢兢业业地开着花，小朵的花，像用玻璃做的。看久了，又像咧开的小红唇。

也只一眼，我就认出了它，它在萧山，在我入住的酒店门口的花坛里。它们活泼的身影，让一场邂逅，婉转清扬起来。我因了它们，喜欢上那家酒店。

人与植物相遇，也是缘分。谁知道下一刻会相遇到哪一朵花哪一棵树呢？因为这样的不确定性，人生才充满期待的吧。

我期待着每一场相遇。

平安夜。有人叫它"耶稣节"。是与受难有关的，结果变成狂欢。

一部分人很抵制，痛心疾首，认为狂欢的人是背叛和愚昧。

我笑了。何苦这么较真？大家也只不过是找着由头，祈求平安罢了。且受难者当初的愿望，不就是祈祷众生都能脱离苦海，获得幸福与平安

么？纪念的方式，不单单是用眼泪，也可以用欢笑和歌声。活着的要好
好活着，才是我们共同的追求。

　　我收到了两只包装很喜庆的苹果。一笑，很开心地收下。

我住在宁静里

二十五日

那人写一幅字送我，且录下：

亲爱的，圣诞节到了，送你一件梦的衣裳，用阳光彩虹编织，吉祥如意点缀，鲜花彩铃装潢，愿你的一生永远吉祥幸福。

笑哈哈收下。这件"衣裳"，是无价之宝。

两个人在一起，要保持幸福并不难，常有好颜色相赠，常有好言语相送，便够了。只有悦色悦耳，才能悦心。亲近之人，也定要如此。因为，亲近之人是用来爱的，而不是用来漠视和伤害的。

常喜欢到一个林子里去，或去往郊外的河边，或漫步在一条少有人迹的小路上。我就那么走啊走啊，一点声响也没有，除了我的呼吸声和脚步声。我停下来，四面观望，风不动，水不流，树叶子聚集在树上，阳光的花朵开在枝上。飞过的鸟雀，像些小逗号，竟也是悄无声息的。我再走，走啊走啊，还是没有声音。我几乎要流泪了，为那样的宁静，为我一个人的拥有。

今日风大雨大，还是撑着伞，独自外出走了一会儿，听雨敲打在伞上，雨敲打在树上，是一曲风雨颂。风住在风里面，雨住在雨里面，我住在宁静里。

心存
仁善

二十六日

　　蒲松龄写的《王六郎》，是很值得玩味的一个故事。

　　王六郎，在遇见渔夫许氏之前，是个默默无闻的鬼。翩翩少年，却生性好酒，一次酒醉溺亡，做了鬼。一做就是数年，不得超生。

　　渔夫许氏来了。这也是个好酒的汉子。这里我得插说一句，蒲松龄的高明就高明在，看似随意安插的一事一物，实则都是匠心独运。这个故事得以进行下去，最关键的，也就是"酒"这个道具了。酒在这里，是个媒介。王六郎好酒，许氏也好酒，鬼与人，就有了气息上的相通。

　　许氏捕鱼都在夜晚。这个"夜晚"选得好，倘若白天，鬼是不会出来活动的。不过，在夜晚捕鱼的人也不独独许氏一个，他们都未曾引逗得王六郎现身，这说明王六郎很挑哎，他不是见谁都"心动"的。

　　许氏的特别，特别在"酒"上。他来捕鱼，必携酒至河上，先喝上一通酒再说。——如果单单是这样，许氏就不是后面王六郎心目中"拜识清扬"的许氏了。仁善，才是他身上最大的亮点。

　　饮则酹地，祝云："河中溺鬼得饮。"——这是许氏。他这举杯祭酒于地的动作，泣鬼神了。这个动作里，他的侠肝义胆，如一支烛光，把夜的黑，照得通明。我们看到了，王六郎也看到了。他报答他的是"他人渔，迄无所获，而许独满筐"。对这一些，许氏还蒙在鼓里，只当是他运气好呢！

　　直到有一天夜晚，王六郎现身，二人畅饮终夜，许氏还不知王六郎是个鬼魂。王六郎每每酒后为他驱鱼，第二天他卖鱼沽酒，再陪王六郎共饮，日日相约，竟成知交。如此，一晃的，半年过去了。

　　故事到了这里，起波澜了，王六郎业满，他要投生去了。许氏这才知道，跟他喝了半年酒的小酒友，竟是个鬼魂。他虽舍不得这分情谊，还是替王六郎欢喜："然业满劫脱，正宜相贺，悲乃不伦。"二人畅饮通宵，于天明洒泪分别。

　　若故事在这里戛然而止，未尝不可。王六郎得以超生，许氏还做着他的渔夫，他还会携酒河上，独饮独酌，只是他会想一想曾经的少年鬼友，想想他投生到哪样的人家，岁月在他，也是挺充实挺厚道的。

　　可是，蒲松龄不，他又抖出一个大"包裹"，让读者的情绪跟着激荡不已。原本王六郎的替死鬼已有人选，是一妇人。妇人也按命运的旨意，准时到达河边，堕入河中。妇人溺水时，许氏在远处看得真真的，他不忍，想救，可又纠结于那是替代王六郎的。在选择王六郎还是选择妇人时，许氏的天平，自然倾斜给了王六郎。——这个选择，也许日后会成为许氏心中的结。倘使妇人真的溺毙，许氏会矮下去，他身上仁善的光芒，会熄灭，这个人物也就淡了，沦为一般了。

　　全篇的精彩，就在这里，妇人没死成。妇人没死成，是因王六郎的仁善。蒲松龄在这里，给妇人添加了羁绊——一个婴儿。妇人是怀抱着婴儿来的，妇人溺水时，"儿抛岸上，扬手掷足而啼"，王六郎于心不忍，他不愿用二人性命，来替代他一人的，故又出手救了妇人。

　　他这一出手，救的不只是妇人，也救了他自己，救了许氏。不然许氏该有多内疚，日后想念他的心，怕是也要削减几分。这下好了，许氏心中的一块石头落了地，他感叹道："此仁人之心，可以通上帝矣。"这才叫惺惺相惜呢。

　　果然，双双通神。王六郎由鬼成了神，一方的土地神。许氏是王六郎的旧交，成了土地神的王六郎，再报相遇之恩。神与人约见，演出大圆满。

　　心存仁善，往往在成就别人的同时，也成就了他自己。

热烈

二十七日

下了两天的雨，停了。太阳出来，光芒万丈。猛不丁和这样的太阳碰了面，忍不住要轻呼一声，啊，出太阳了！如久别重逢。

这样的好阳光，不敢浪费。被子们去晒太阳。鞋子们去晒太阳。花草们去晒太阳。实在没东西可晒了，我把自己放到太阳底下，晒。

一只喜鹊，飞来，蹲在我窗外的晾衣架上，好奇地朝屋内张望。它看见了我，小脑袋不住地点点。又看了看我，再次点点小脑袋。然后，飞走了。它一定带着一肚子的好奇的吧？它逗乐了我，我微笑了好久。

蟹爪兰已开疯了，花瓣怒张，花蕊像长长的舌头，往着虚空里伸去，仿佛那里有诱人的甜，让它实在抵挡不住。每看它一回，我都要且惊且喜着，这小小的花朵，到底从何而来？又怎么会有那么多的热烈？太热烈了！

抄一美食方子，觉得颇好操作，来日想一试。生活里有两样东西不可或缺，一是文字，一是美食。他年若是写不出文字了，我还可以做做美食，让普通的食材，翻新出不一样的口味，那也是一种了不得的创作的。

附今天所抄美食方子：

蜜汁土豆：土豆洗净，蒸熟去皮，捣成细泥。什锦果脯蜜饯切成碎末，放入土豆泥中拌匀。易拉罐剪去两头，成六厘米长的圆筒，放平盘中，塞入蜜饯土豆泥，揿实，成型后倒入盘中。冰糖加水烧融，煮稠，再加蜂蜜、糖桂花成蜜汁，浇在土豆泥上即成。

约定

二十八日

　　他和她，相伴走到九旬，世事风雨，都变成了他们脸上的皱纹手臂上的斑点。坎坎坷坷的日子，被他们写成平平仄仄的诗行，行行里，都是一双脚印，叠着另一双的，一双手，牵着另一双的。他们，从未曾有过分离，这是他们的爱情。

　　然病痛，却分开了他与她。他的心脏出了问题，住进ICU病房，无法挪身。她的股骨骨折，也住进同一家医院，动弹不得。横亘在他们之间的几层楼，在他们，却如同远隔苍山洱海了。他好想她啊，她好想他啊，想得眼睛痛。

　　他多器官衰竭，自知活不长了，遂放弃治疗，他要回家。回家前，他跟医护人员提出，想最后拉一次她的手。

　　她被医护人员推了进来。病床之上，他们四目相对，就那么望着，望着，想把对方望进骨头里去。望进骨头里去还不行，是要刻在骨头里的，长生不老。"既见君子，云胡不喜？"——古老的《诗经》，唱响的可是他们这一刻？她颤巍巍地伸出她的手来，执了他的手，轻声道："我会照顾好自己的。等我好了，我就去找你。"

　　等我好了，我就去找你。——只轻声一语，却力似千斤。这个世上，最美的约定莫过如此，尘世天堂，两不相负。

　　爱有永恒吗？爱有。他们活在报纸的一端。一则新闻，上面刊着他们执手的照片，两张病床相挨，躺着的两张脸深情地对望着。这个早晨，我就这样被我不认识的一对老人，弄湿了眼眶，心软塌塌的。外面的天空蓝，云朵白。

玉人和月摘梅花

二十九日

　　我知道蜡梅开了。

　　我有预感。

　　它是每年冬天必来造访的老朋友。眼见着冬天消瘦下来，树也瘦了，水也瘦了，云也瘦了，它翩然而至。也不是空手而来，而是携着一身的香。它真是礼节周到，轻敲人家的窗或门，送进一缕香来，小声问，能饮一杯无？

　　怎么不能！我恨不得它天天来造访。冬天因它，才叫人生出期盼和欢喜来呢。

　　我跑去楼下看。那里一棵蜡梅，从春到秋，都是一树青绿的叶子。大而阔的叶子，与精巧的小花朵，似乎很不搭。可它就是蜡梅。秋末的时候，它跟随草木的大潮流，叶子也枯黄、掉落，——然这只是个幌子，它才不要沉睡呢，它的欣欣好日子才开始的。不过几日，那枝条上，已爬出一个一个的花苞苞，像生长着一粒一粒的米。余下的事，交给风，交给雪。风一场，雪一场，那花就开了，香气四下里漫游，——这才是蜡梅的做派，断不叫人失望，凋落之后，有着更美的期待。

　　我在它边上逗留，采得一枝，回来插一只雕花酒瓶子里。去年插的一枝尚在，花朵已风干，风骨犹存，骨骼奇秀。我想这两枝花，这么重逢了，怕是也有着千言万语呢。

　　喜欢贺铸写的梅花，"玉人和月摘梅花"。表面上是写那妙龄姑娘，实际上夸的，还是梅花。月下的梅花，清香四溢，逗引得屋子里的姑娘坐不住了，她不顾寒冷，踩着花香踩着月光，摘得一枝仙葩。

　　谢谢蜡梅。

把春天
钓回家

三十日

    每年的岁末，我都会买些花回来，我喜欢用这种方式送旧迎新。

    今年也不例外，特地驱车百十里，去往一个花卉市场。

    "眼花缭乱"这个词，用在花卉市场才叫贴切。花们花枝招展。它们理所应当的花枝招展。各各的色彩，都托着张艳丽的大脸庞。茶花、杜鹃、蝴蝶兰、仙客来，仿若天宫里的仙子全下凡了。

    又各色兰花，如大家闺秀般的，端着。似乎在它们跟前摆上一架瑶琴，它们就能舒袖轻弹，口拈诗行，嘤嘤而鸣。我也只看看，这"大家闺秀"好则好矣，只我照拂不了，我不想它们因我的粗心疏忽而气急攻心，香消玉殒。

    我最喜仙人掌类的，多皮厚肉糙，贱生贱长，合我性情。我也是乡间土生土长的丫头，这么多年，没别的本事，倒是越来越自由随性了，倒也能安居常乐。我买一盆仙人球，再买一盆仙人棒，又买一盆芦荟。

    水仙花是必买的。没有水仙花的冬天，失去十分之一的韵味了。冬天的韵味，雪占一分，蜡梅占一分，茅花占一分，冰凌占一分。掉光叶的树，线条明朗，如碳素画，占一分。雪中的红果，石楠上的，或是南天竹上的，独擎明艳，占一分。高远的天空，消瘦的河流，滚圆的落日，各占一分。

    看水仙花球，在一盆清水里，慢慢冒出芽来，慢慢站立起来，慢慢抽出长长的叶，捧出小小的花苞，犹如捧着一颗小小的心，那乐趣，绝不亚于看一个小孩成长，从婴儿，到咿呀学语，到站立，到会走路。等它把酝酿久矣的花香，慢慢撒播开来，春天，也就闻香而来。我喜欢看着它，用心良苦地准备着钓饵，把春天钓回家。

每一个日子，都用心相待

三十一日

去年的今天，也是这般天蓝云白。我阳台上的蟹爪兰，也是这般开着。它们开着开着，就开疯了，颜色泼洒得到处都是。像一个人喝酒喝到正酣处，刹不了车了。那么，好吧，就拼个一醉方休。

花的性情，也如同人的。率真些的、热烈些的，不装不伪的，总更叫人喜欢和接近。

翻看两本日记本。这里面记载着的，都是我这一年的日子。一本扉页上写着：做个安静美好的人。再一本扉页上写着：闲静少言，不慕荣利。

回顾这一年，很让我高兴的是，我基本上做到了这两点。没有淹没在废话里，没有淹没在荣利中。我坚守着内心的坚守，只安静地做着一个我，读书，写作，画画儿，行走，偶尔绣几针十字绣。每一个日子，都用心相待。

也还是沉迷于大自然。一得空了，就跑过去。近处的，远处的。常常一个人走着走着，听不到别的声响，只有树在绿着，花在开着，水在流着。我仿佛也成了其中的一枚叶，一朵花，一滴水。这种感觉，甚是干净和美好。

也常做点傻事情，且乐此不疲。比如，跟着一个月亮走。比如，追着一个夕阳跑。春看桃花红了脸。冬赏苇花白了头。夏听蝉鸣，被一池一池的荷花惊了心。秋寻秋叶。在一树一树的金黄或绯红下，不舍离去。

这一年，值得感激的事有很多。

首先我要感激我的父母。他们健在，我就仍有老家可回。三月里，我回老家陪父母小住，在老家门前种花，一畦大丽花，一畦波斯菊，一畦格桑花。那些花，很快疯长起来，绚烂地开了花。把我妈的脸，映得也像一朵花了。这很令我开心。

其次我要感激家人健康，我也健康。虽拔去几颗牙，虽摔伤过膝盖，虽头疼脑热过几回，但总的来说，损耗不是太大，我还活蹦乱跳着。尤其是，脑子还好使，记忆力也未曾衰退，还能一口气把屈原的《离骚》背下来。

我也要感激我的读者。你们给予我的热情和爱太多太多。每到一处，几乎都被你们的热情和爱淹没了。与其说是我温暖了你们，莫若说是你们温暖了我。感谢每一场相遇。感谢有你们在！

我还要隆重感激这个和平的年代。时代宽容友好，作为我们个体的人，也才能获得更多幸福。看《南京大屠杀》，我一边悲慨，一边庆幸，幸好我们错过了那个年代。没有战争、饥荒、杀戮、逃难，做人，也才自有尊严华贵。

这一年，我到过很多地方，每到一处，我首先拜访的是那里的花草。一个地方少有花草，这个地方，就失了柔软，一点也不可亲了。

南京二月里赏梅。三月里赏樱花。都是沸沸扬扬的。

查济是个古村落。二月里不见杏花开。然一个老人留下的一首诗里，却有花香四溢。他写道："十里查济九里烟，三溪汇流万户间。祠庙亭台塔影下，小桥流水杏花天。"很诱人。我在查济的小桥流水旁，一棵一棵，去辨认哪些是杏花树，想象它们一树花开的样子，竟也有满鼻的芬芳了。

上黄山，我不是去看松的，不是去看云的，是去看黄山杜鹃的。我看时，花未全开，含苞着，小嘴巴鼓鼓的，粉嘟嘟的，很惹看。走过一个挑夫，他停下，说，这个时候的黄山杜鹃最好看了，全开起来，反倒不好看了。我记住了他说的这句话，且常常会想起这个人来。想起来，就微笑一下。说不上为什么。或许是因为对美的认同。

到枫泾。古建筑看多了，也没啥的。倒是那从黛瓦顶上，满满垂挂下来的丝瓜花和扁豆花，让我对那个地方喜欢得不得了。静夜里，独自走在寂静无人的街道上，听虫鸣从那些花间传出，高高低低，长长短短，让人如置《诗经》之中。那样的体会，真是可遇不可求。

在篁岭，看晒秋。看满山的油茶花，开得不要不要的。到长溪，本是冲着那里的红叶去的。雨中，徒步穿行于大山之中，没见到红叶，却见到一地一地的野葱花儿，紫雾一般地弥漫着。觉得真是不虚此行。

　　佛山多的是三角梅。排山倒海的三角梅。还有小叶榕树。在一个校园里，我见到一棵像一幢房子似的小叶榕树。因那些三角梅和那棵榕树，我很想在佛山多住上十天八天的。

　　在深圳的街边，遇到一种很奇特的树。树干笔直、结实且光滑，像用水泥铸造的，枝叶却秀美得很。像个高个子的美人。拖住路边的人问，这什么树？问了一个又一个，都回不知。实在不死心啊，就一路走着，一路问下去，最后，得知，它叫"盆架子树"。很奇怪的叫法哎。开花时，满树镶白，花香浓郁得能熏晕人。我很想在它开花的时候去，被它熏一下子。

　　最难忘的是新疆。雪山，林谷，草地，漫天漫地的野花开。那不是人间，是天堂。我跟它已相约了，有生之年，我还会再去的。

　　这一年，我读书不算多，读了张岱的。沈复的。杨绛的。丰子恺的。沈从文的。木心的。汪曾祺的。史铁生的。黄永玉的。简媜的。毛姆的。王小波的。顾城的。因为儿子喜欢东野圭吾的书，我也跟着看了几本东野圭吾的。还读了两本趣说历史的。把《聊斋》翻了两遍。

　　最大的收获是，《古文观止》里的一些篇幅，我反反复复阅读了，且做了些批注。有些篇章，因看多了，能熟背出来。每天仍翻一两章《红楼梦》。里面采用的东台方言甚多，觉得好玩。细想下，当是应该，林黛玉之父林如海，本在扬州任巡盐御史，扬州话跟东台话是同出一系的。

　　读书最大的体会是，书不在于读多，而在于精读。不在于读得快，而在于慢读。如细火炖汤，慢慢儿地，那些食材也才能入了味。又如吃饭，细嚼慢咽，方能品出饭菜滋味。又如走路赏景，须得眼睛和心皆带上，细细看，那一草一木，一砖一瓦，也才能入了眼入了心。

　　这一年，我也写了不少字，出了几本书。当它们抵达陌生人的案头时，我唯愿，它们是明亮的，温暖的，芳香的。亲爱的陌生人，我祝福你！

图书在版编目（CIP）数据

每一个四季，都是自己的人生 / 丁立梅 著 . -- 北京 ：作家出版社，2018.4（2018.6 重印）

ISBN 978-7-5063-9707-0

Ⅰ . ①每… Ⅱ . ①丁… Ⅲ . ①散文集– 中国 – 当代

Ⅳ . ①I267

中国版本图书馆CIP数据核字（2017）第231035号

每一个四季，都是自己的人生

作　　者：丁立梅
责任编辑：省登宇
装帧设计：弘果文化传媒
插　　图：吕奥博
出版发行：作家出版社
社　　址：北京农展馆南里10号　　　邮　　编：100125
电话传真：86-10-65930756（出版发行部）
　　　　　86-10-65004079（总编室）
　　　　　86-10-65015116（邮购部）
E-mail:zuojia@zuojia.net.cn
http://www.haozuojia.com（作家在线）
印　　刷：北京尚唐印刷包装有限公司
成品尺寸：145×210
字　　数：210千
印　　张：10.75
版　　次：2018年4月第1版
印　　次：2018年6月第3次印刷
ISBN　978-7-5063-9707-0
定　　价：49.00元